語言鳥 **P**arrot

語言是通往世界的橋梁

語言鳥 Parrot
語言是通往世界的橋梁

語言鳥 Parrot

MP3
附40音發音表

就是這一本
超實用韓語生活會話
Korean Conversation! This is the One!

바로 이 책! 실용 한국어 생활회화

金妍熙 企編
김연희 편저

專為初學者設計！
提供最簡單易懂的韓語文法
最實用的韓語會話句子

以循序漸進的方式，一次搞定韓語文法及會話！

韓語 語言鳥 한국어의 지름길
ㄧ 即上手！

韓國文字的結構

韓文為表音文字，分為子音和母音，韓文字就是由子音和母音所組合而成。基本母音和子音各為10個字和14個字，總共24個字。基本母音和子音在經過組合之後，形成16個複合母音和子音，提高其整體組織性，這就是「韓語40音」。

每個韓文字代表一個音節，每音節最多有四個音素，而每字的結構最多由五個字母來組成，其組合方式有以下幾種：

1. 子音加母音，例如：나（我）
2. 子音加母音加子音，例如：방（房間）
3. 子音加複合母音，例如：귀（耳）
4. 子音加複合母音加子音，例如：광（光）
5. 一個子音加母音加兩個子音，例如：값（價錢）

韓語 40 音發音對照表

一、基本母音（10個）

	ㅏ	ㅑ	ㅓ	ㅕ	ㅗ	ㅛ	ㅜ	ㅠ	ㅡ	ㅣ
名稱	아	야	어	여	오	요	우	유	으	이
拼音發音	a	ya	eo	yeo	o	yo	u	yu	eu	i
注音發音	ㄚ	一ㄚ	ㄛ	一ㄛ	ㄡ	一ㄡ	ㄨ	一ㄨ	(ㄜ)	一

【說 明】

- 韓語母音「ㅡ」的發音和「ㄜ」發音有差異，但嘴型要拉開，牙齒快要咬住的狀態，才發得準。
- 韓語母音「ㅓ」的嘴型比「ㅗ」還要大，整個嘴巴要張開成「大O」的形狀，「ㅗ」的嘴型則較小，整個嘴巴縮小到只有「小o」的嘴型，類似注音「ㄡ」。
- 韓語母音「ㅕ」的嘴型比「ㅛ」還要大，整個嘴巴要張開成「大O」的形狀，類似注音「一ㄛ」，「ㅛ」的嘴型則較小，整個嘴巴縮小到只有「小o」的嘴型，類似注音「一ㄡ」。

二、基本子音（10個）

名稱	ㄱ	ㄴ	ㄷ	ㄹ	ㅁ	ㅂ	ㅅ	ㅇ	ㅈ	ㅊ
名稱	기역	니은	디귿	리을	미음	비읍	시옷	이응	지읒	치읓
拼音發音	k/g	n	t/d	r/l	m	p/b	s	ng	j	ch
注音發音	ㄎ	ㄋ	ㄊ	ㄌ	ㄇ	ㄆ	ㄙ,(ㄒ)	不發音	ㄗ	ㄘ

說　明

• 韓語子音「ㅅ」有時讀作「ㄙ」的音，有時則讀作「ㄒ」的音，「ㄒ」音是跟母音「ㅣ」搭在一塊時才會出現。

• 韓語子音「ㅇ」放在前面或上面不發音；放在下面則讀作「ng」的音，像是用鼻音發「嗯」的音。

• 韓語子音「ㅈ」的發音和注音「ㄗ」類似，但是發音的時候更輕，氣更弱一些。

三、基本子音（氣音4個）

	ㅋ	ㅌ	ㅍ	ㅎ
名　稱	키을	티을	피읍	히읗
拼音發音	k	t	p	h
注音發音	ㄎ	ㄊ	ㄆ	ㄏ

說　明

- 韓語子音「ㅋ」比「ㄱ」的較重，有用到喉頭的音，音調類似國語的四聲。

  ㅋ＝ㄱ＋ㅎ

- 韓語子音「ㅌ」比「ㄷ」的較重，有用到喉頭的音，音調類似國語的四聲。

  ㅌ＝ㄷ＋ㅎ

- 韓語子音「ㅍ」比「ㅂ」的較重，有用到喉頭的音，音調類似國語的四聲。

  ㅍ＝ㅂ＋ㅎ

四、複合母音（11個）

	ㅐ	ㅒ	ㅔ	ㅖ	ㅘ	ㅙ	ㅚ	ㅞ	ㅝ	ㅟ	ㅢ
名稱	애	애	에	예	와	왜	외	웨	워	위	의
拼音發音	ae	yae	e	ye	wa	wae	oe	we	wo	wi	ui
注音發音	ㅔ	ㄧㅔ	ㄟ	ㄧㄟ	ㄨㄚ	ㄨㅔ	ㄨㄟ	ㄨㄟ	ㄨㄛ	ㄨㄧ	ㄜㄧ

說 明

• 韓語母音「ㅐ」比「ㅔ」的嘴型大，舌頭的位置
比較下面，發音類似「ae」；「ㅔ」的嘴型較
小，舌頭的位置在中間，發音類似「e」。不過
一般韓國人讀這兩個發音都很像。

• 韓語母音「ㅒ」比「ㅖ」的嘴型大，舌頭的位置
比較下面，發音類似「yae」；「ㅖ」的嘴型較
小，舌頭的位置在中間，發音類似「ye」。不過
很多韓國人讀這兩個發音都很像。

• 韓語母音「ㅚ」和「ㅞ」比「ㅙ」的嘴型小些，
「ㅙ」的嘴型是圓的；「ㅚ」、「ㅞ」則是一樣
的發音，不過很多韓國人讀這三個發音都很像，
都是發類似「we」的音。

五、複合子音（5個）

	ㄲ	ㄸ	ㅃ	ㅆ	ㅉ
名　　稱	쌍기역	쌍디귿	쌍비읍	쌍시옷	쌍지읏
拼音發音	kk	tt	pp	ss	jj
注音發音	ㄍ	ㄉ	ㄅ	ㄙ	ㄗ

說　明

- 韓語子音「ㅆ」比「ㅅ」用喉嚨發重音，音調類似國語的四聲。
- 韓語子音「ㅉ」比「ㅈ」用喉嚨發重音，音調類似國語的四聲。

六、韓語發音練習

	ㅏ	ㅑ	ㅓ	ㅕ	ㅗ	ㅛ	ㅜ	ㅠ	ㅡ	ㅣ
ㄱ	가	갸	거	겨	고	교	구	규	그	기
ㄴ	나	냐	너	녀	노	뇨	누	뉴	느	니
ㄷ	다	댜	더	뎌	도	됴	두	듀	드	디
ㄹ	라	랴	러	려	로	료	루	류	르	리
ㅁ	마	먀	머	며	모	묘	무	뮤	므	미
ㅂ	바	뱌	버	벼	보	뵤	부	뷰	브	비
ㅅ	사	샤	서	셔	소	쇼	수	슈	스	시
ㅇ	아	야	어	여	오	요	우	유	으	이
ㅈ	자	쟈	저	져	조	죠	주	쥬	즈	지
ㅊ	차	챠	처	쳐	초	쵸	추	츄	츠	치
ㅋ	카	캬	커	켜	코	쿄	쿠	큐	크	키
ㅌ	타	탸	터	텨	토	툐	투	튜	트	티
ㅍ	파	퍄	퍼	펴	포	표	푸	퓨	프	피
ㅎ	하	햐	허	혀	호	효	후	휴	흐	히
ㄲ	까	꺄	꺼	껴	꼬	꾜	꾸	뀨	끄	끼
ㄸ	따	땨	떠	뗘	또	뚀	뚜	뜌	뜨	띠
ㅃ	빠	뺘	뻐	뼈	뽀	뾰	뿌	쀼	쁘	삐
ㅆ	싸	쌰	써	쎠	쏘	쑈	쑤	쓔	쓰	씨
ㅉ	짜	쨔	쩌	쪄	쪼	쬬	쭈	쮸	쯔	찌

Chapter 1 文法解析篇

Lesson 1 021

안녕하세요
an nyeong ha se yo
你好。

Lesson 2 024

저는 학생입니다
jeo neun hak ssaeng im ni da
我是學生。

Lesson 3 028

그는 제 오빠예요.
geu neun je o ppa ye yo
他是我哥哥。

Lesson 4 032

민영 씨가 밥을 먹어요.
mi nyeong ssi ga ba beul meo geo yo
敏英吃飯。

Lesson 5 036

우리 가족은 네 명이에요.
u ri ga jo geun ne myeong i e yo
我們家有四個人。

Lesson 6 040

이 가방은 삼만오천원이에요.
i ga bang eun sam ma no cheo nwo ni e yo
這包包三萬五千韓元。

Lesson 7 044

테이블 위에 컵이 있어요.

te i beul wi e keo bi i sseo yo

桌子上有杯子。

Lesson 8 048

지금 몇 시예요?

ji geum myeot si ye yo

現在幾點？

Lesson 9 052

오늘 몇 월 며칠이에요?

o neul myeot wol myeo chi ri e yo

今天幾月幾號？

Lesson 10 056

점심 식사를 먹었어요.

jeom sim sik ssa reul meo geo sseo yo

我吃過午餐了。

Lesson 11 060

내일 한국에 갈 거예요.

nae il han gu ge gal kkeo ye yo

我明天要去韓國。

Lesson 12 064

선생님이 한국어를 가르치고 있어요.

seon saeng ni mi han gu geo reul kka reu chi go i sseo yo

老師正在教韓語。

Lesson 13 068

저는 옷과 가방을 샀어요.

jeo neun ot kkwa ga bang eul ssa sseo yo

我買了衣服和包包。

Lesson 14 072

이것은 언니의 지갑이에요.
i geo seun eon ni ui ji ga bi e yo
這是姊姊的皮夾。

Lesson 15 076

그녀는 지하철역에서 친구를 기다려요.
geu nyeo neun ji ha cheo ryeo ge seo chin gu reul kki da ryeo yo
她在地鐵站等朋友。

Lesson 16 080

수업 시간은 오전 8시부터 오후3시까지예요.
su eop si ga neun o jeon yeo deop ssi bu teo o hu se si kka ji ye yo
上課時間是上午八點到下午三點。

Lesson 17 084

친구한테 전화를 했어요.
chin gu han te jeon hwa reul hae sseo yo
打了電話給朋友。

Lesson 18 088

나도 같이 갈 거예요.
na do ga chi gal kkeo ye yo
我也要一起去。

Lesson 19 092

저는 천원만 있어요.
jeo neun cheo nwon man i sseo yo
我只有一千韓元。

Lesson 20 096

이 버스는 시청으로 가요?
i beo seu neun si cheong eu ro ga yo
這台公車會到市政府嗎？

013

Lesson 21 100

나는 소고기를 안 먹어요.
na neun so go gi reul an meo geo yo
我不吃牛肉。

Lesson 22 104

저는 운전을 못 해요.
jeo neun un jeo neul mot hae yo
我不會開車。

Lesson 23 108

나는 천원밖에 없어요.
na neun cheo nwon ba kke eop sseo yo
我只有一千韓元。

Lesson 24 112

친구를 만나고 싶어요.
chin gu reul man na go si peo yo
我想見朋友。

Lesson 25 116

너무 바빠서 점심을 못 먹었어요.
neo mu ba ppa seo jeom si meul mot meo geo sseo yo
太忙了，所以沒吃午餐。

Lesson 26 121

어제 영화를 보고 밥을 먹었어요.
eo je yeong hwa reul ppo go ba beul meo geo sseo yo
昨天我看了電影，然後吃了飯。

Lesson 27 125

저는 한국말을 할 수 없어요.
jeo neun han gung ma reul hal ssu eop sseo yo
我不會說韓語。

Lesson 28 129

여기를 보세요.
yeo gi reul ppo se yo
請看這裡。

Lesson 29 132

교실에서 뛰지 마세요.
gyo si re seo ttwi ji ma se yo
請不要在教室跑跳。

Lesson 30 135

택시를 탑시다.
taek ssi reul tap ssi da
一起搭計程車吧。

Lesson 31 139

밖이 추우니까 외투를 입으세요.
ba kki chu u ni kka oe tu reul i beu se yo
外面很冷，所以請穿外套。

Lesson 32 143

에어컨을 켜 주세요.
e eo keo neul kyeo ju se yo
請幫我把冷氣打開。

Lesson 33 146

한국어를 공부하러 한국에 왔어요.
han gu geo reul kkong bu ha reo han gu ge wa sseo yo
我來韓國學韓語。

Lesson 34 150

대만이 한국보다 더 따뜻해요.
dae ma ni han guk ppo da deo tta tteu tae yo
台灣比韓國更溫暖。

Lesson 35 154

어제 밤에 12시간이나 잤어요.

eo je ba me yeol du si ga ni na ja sseo yo

昨天晚上我睡了多達 12 個小時。

Lesson 36 158

유진 씨가 몇 시쯤 올까요?

yu jin ssi ga myeot si jjeum ol kka yo

由真大概幾點會來？

Lesson 37 161

우리 어디로 갈까요?

u ri eo di ro gal kka yo

我們要去哪裡？

Lesson 38 165

내가 저녁을 살게요.

nae ga jeo nyeo geul ssal kke yo

晚餐我來買單。

Lesson 39 169

수학은 어렵지만 재미있어요.

su ha geun eo ryeop jji man jae mi i sseo yo

數學雖然很難，但是很有趣。

Lesson 40 173

나는 시간이 있으면 공원에 가서 산책해요.

na neun si ga ni i sseu myeon gong wo ne ga seo san chae kae yo

如果我有時間，我會去公園散步。

Lesson 41 177

김치를 만들 줄 알아요.

gim chi reul man deul jjul a ra yo

我會做泡菜。

Lesson 42 181

돈이 필요해서 일을 해야 돼요.

do ni pi ryo hae seo i reul hae ya dwae yo

需要錢，所以必須工作。

Lesson 43 186

사전 좀 빌려도 돼요?

sa jeon jom bil lyeo do dwae yo

可以借我字典嗎？

Lesson 44 190

손님이 오기 전에 집 청소를 해야 해요.

son ni mi o gi jeo ne jip cheong so reul hae ya hae yo

在客人來之前，要先打掃家裡。

Lesson 45 194

졸업한 후에 취직을 할 거예요.

jo reo pan hu e chwi ji geul hal kkeo ye yo

畢業後，我要就業。

Lesson 46 197

걸으면서 물을 마셔요.

geo reu myeon seo mu reul ma syeo yo.

一邊走一邊喝水。

Lesson 47 201

밖으로 나가자마자 비가 내리기 시작했어요.

ba kkeu ro na ga ja ma ja bi ga nae ri gi si ja kae sseo yo

一到外面，就開始下雨。

Lesson 48 205

피아노를 배운지 3년이 되었어요.

pi a no reul ppae un ji sam nyeo ni doe eo sseo yo

學鋼琴已經有三年了。

Lesson 49 209

비행기를 탄 적이 없어요.
bi haeng gi reul tan jeo gi eop sseo yo
我沒搭過飛機。

Lesson 50 213

일본에 유학을 가기로 했어요.
il bo ne yu ha geul kka gi ro hae sseo yo
我決定去日本留學。

Chapter 2 實用會話篇

打招呼用語 218

離別時 220

初次見面 223

久未相見 227

自我介紹 230

家庭背景 232

感謝 235

道歉 238

談論天氣 242

邀請 246

時間／日期 250

詢問 254

稱讚 257

祝賀 261

安慰 264

鼓勵 ……………………………………… 267

請託 ……………………………………… 270

生氣 ……………………………………… 273

吵架 ……………………………………… 277

搭計程車 ………………………………… 280

搭火車 …………………………………… 283

搭地鐵 …………………………………… 287

搭公車 …………………………………… 290

搭飛機 …………………………………… 294

自己開車 ………………………………… 299

搭船 ……………………………………… 302

問路 ……………………………………… 304

賣場 ……………………………………… 309

挑選物品 ………………………………… 312

尺寸 ……………………………………… 316

顏色 ……………………………………… 319

確定購買 ………………………………… 322

殺價 ……………………………………… 325

付款 ……………………………………… 328

銀行 ……………………………………… 332

美髮院 …………………………………… 336

餐廳 ……………………………………… 339

醫院 ……………………………………… 344

Chapter
1

文法解析篇

Lesson
1

● 안녕하세요
an nyeong ha se yo
你好。

「안녕하세요」是韓國人最常使用的打招呼用語，在任何時候、任何地點都可以拿來使用，相當於中文的「您好」。較正式的用法還有「안녕하십니까?」，這是相當尊敬對方的用法，一般使用的對象為做生意的場合、上司、長輩等。

句子拆解

안녕하다＋세요

1. 안녕하다是形容詞，有「安寧、安好、平安」等的意涵。

2. (으)세요為祈使句，表示命令或向對方提出意見。若語幹的末音節為母音時，就使用「세요」，若為子音時，則使用「으세요」。

例句

◆ 민지씨, 안녕하세요.
min ji ssi an nyeong ha se yo
民志小姐，你好。

就是這一本
超實用韓語生活會話
Korean Conversation! This is the One!

Audio CD
Track 008

✦ 안녕하세요! 오늘 날씨가 참 좋아요.
an nyeong ha se yo o neul nal ssi kka cham jo a yo
您好，今天天氣真好呢！

✦ 안녕하십니까? 전 김미영이라고 합니다.
an nyeong ha sim ni kka jeon gim mi yeong i ra go
ham ni da
您好，我名叫金美英。

● 補充說明

「안녕」可以用來對熟識的人、平輩、晚輩道再
見，此為半語的用法（非敬體），因此不可以使用在長
輩或不熟識的人身上。

例句

✦ 태연아, 안녕.
tae yeo na an nyeong
泰妍，拜拜。

✦ 안녕, 내일 봐.
an nyeong nae il bwa
拜拜，明天見。

情境會話

A 준수 씨, 안녕하세요.
jun su ssi an nyeong ha se yo

B 안녕하세요. 미연 씨, 일찍 오셨네요.
an nyeong ha se yo mi yeon ssi il jjik o syeon ne yo

A 네, 어제 일은 아직 끝내지 못했어요.
ne eo je i reun a jik kkeun nae ji mo tae sseo yo

B 수고하세요.

su go ha se yo

中文翻譯

A 俊秀先生，你好。

B 你好。美妍小姐，你很早到呢！

A 對啊，昨天的工作還沒做完。

B 辛苦了。

必背單字

🖉 나
na
我

🖉 저
jeo
我（謙語）

🖉 일
il
工作

🖉 오다
o da
來

🖉 가다
ga da
去

就是這一本
超實用韓語生活會話
Korean Conversation! This is the One!

Audio CD
Track 009

Lesson
2

● 저는 학생입니다
jeo neun hak ssaeng im ni da
我是學生。

「(ㅂ)습니다」為現在式的格式體尊敬形，主要使用在相當正式的場合上，例如演講、開會、播報新聞、生意場合等。

句子拆解

저 + 는 + 학생 + 이다 + ㅂ니다

1. 「저」表示「我」的意思，為謙詞的一種，向聽話者表示尊敬。

2. 「은/는」用來表示句子的主題或闡述的對象，若「은/는」接在名詞的後方，表示該名詞即是句子的主題。當名詞以母音結束，要加는，當名詞以子音結束，則加은。

3. 「학생」是名詞，表「學生」的意思。

4. 「이다」相當於中文的「是」，使用在主語和敘述語是統一的句子內，或使用在具體指定某種事物的時候。其否定形態為「아니다」。

5. 將「(ㅂ)습니다」加在動詞、形容詞或이다的語幹之後，形成敘述句。此為相當正式的敬語用

法，為「格式體尊敬形」。若語幹的末音節為母音時，就使用「ㅂ니다」，若為子音時，則使用「습니다」。

例句

◆ 형은 대학교 교수님입니다.
hyeong eun dae hak kkyo gyo su ni mim ni da
哥哥是大學教授。

◆ 이것은 책입니다.
i geo seun chae gim ni da
這是書。

◆ 여기는 서울입니다.
yeo gi neun seo u rim ni da
這裡是首爾。

◆ 저는 대학원생이 아닙니다.
jeo neun dae ha gwon saeng i a nim ni da
我不是研究所學生。

補充說明

「(ㅂ)습니까?」使用在疑問句上，用來向聽話者提出疑問，為「格式體尊敬形」。若語幹的末音節為母音時，就使用「ㅂ니까?」，若為子音時，則使用「습니까?」。

例句

◆ 이것은 무엇입니까?
i geo seun mu eo sim ni kka
這是什麼？

✦ 무엇을 읽습니까?

mu eo seul ik sseum ni kka

你在讀什麼？

情境會話

A 준수씨는 고등학생입니까?

　jun su ssi neun go deung hak ssaeng im ni kka

B 아닙니다. 저는 대학생입니다.

　a nim ni da jeo neun dae hak ssaeng im ni da

A 저와 똑같네요. 저도 대학생입니다.

　jeo wa ttok kkan ne yo jeo do dae hak ssaeng im ni da

中文翻譯

Ⓐ 俊秀你是高中生嗎？

Ⓑ 不是，我是大學生。

Ⓐ 跟我一樣耶！我也是大學生。

必背單字

✎ 책

chaek

書

✎ 오빠

o ppa

哥哥（妹妹稱呼哥哥）

🔖 형
hyeong
哥哥（弟弟稱呼哥哥）

🔖 선생님
seon saeng nim
老師

🔖 학교
hak kkyo
學校

就是這一本
超實用韓語生活會話
Korean Conversation! This is the One!

Audio CD
Track 010

Lesson 3

● 그는 제 오빠예요.
geu neun je o ppa ye yo
他是我哥哥。

學習 重點

「아/어요」為非格式體尊敬形，和格式體尊敬形的「(ㅂ)습니다」相比，雖然較不正式，卻是韓國人日常生活中最常用的尊敬形態。「아/어요」可以使用在敘述句和疑問句上，若使用在疑問句上，句尾音調要上揚。

句子拆解

그 + 는 + (저 + 의)제 + 오빠 + 예요

1. 「그」為第三人稱代名詞，相當於中文的「他」。

2. 「은/는」用來表示句子的主題或闡述的對象，若「은/는」接在名詞的後方，表示該名詞即是句子的主題。當名詞以母音結束，要加는，當名詞以子音結束，則加은。

3. 「저」表示「我」的意思，為謙詞的一種，向聽話者表示尊敬。

4. 「의」為所有格的用法，相當於中文的「…的…」。「의」有兩種讀音，可念成「의」或

「에」，但大多念成「에」。

5. 「오빠」為名詞，「哥哥」的意思。妹妹稱呼哥哥時，使用오빠；弟弟稱呼哥哥時，使用형。

6. 「아/어요」接在動詞、形容詞或이다後方，當語幹的母音是「ㅏ.ㅗ」時，就接아요；如果語幹的母音不是「ㅏ.ㅗ」時，就接「어요」；如果是하다類的動詞，就接여요，兩者結合後會變成해요。若「아/어요」遇到動詞이다時，就要變成「예요」或「이에요」。當이다前面的名詞是以母音結束，就接예요；當이다前面的名詞是以子音結束，則接이에요。

例句

✦ 이따가 교회에 가요.
　i tta ga gyo hoe e ga yo
　待會去教會。

✦ 지금 뭘 해요?
　ji geum mwol hae yo
　你現在在做什麼？

✦ 그는 대학생이에요.
　geu neun dae hak ssaeng i e yo
　他是大學生。

✦ 이 그림은 아름다워요.
　i geu ri meun a reum da wo yo
　這幅圖畫很美。

就是這一本
超實用韓語生活會話
Korean Conversation! This is the One!

Audio CD
Track 010

●補充說明

當所有格的「의」遇到人稱代名詞的나、저、너時，會合併為내（我的）、제（我的）、네（你的）。

例句

◆ 제 이름은 김나영이에요.
je i reu meun gim na yeong i e yo
我的名字是金娜英。

◆ 그것은 내 책이에요.
geu geo seun nae chae gi e yo
那是我的書。

◆ 그녀는 준영 씨의 동생이에요.
geu nyeo neun ju nyeong ssi ui dong saeng i e yo
她是俊英的妹妹。

情境會話

A 그 사람은 누구예요?
geu sa ra meun nu gu ye yo

B 영어 선생님이에요.
yeong eo seon saeng ni mi e yo

A 선생님은 어디에 가세요?
seon saeng ni meun eo di e ga se yo

B 교실에 가요.
gyo si re ga yo

中文翻譯

Ⓐ 那個人是誰？

Ⓑ 是英文老師。

Ⓐ 老師要去哪裡？

Ⓑ 去教室。

必背單字

● 사람
sa ram
人

● 이름
i reum
名字

● 누구
nu gu
誰、什麼人

● 영어
yeong eo
英文

● 교실
gyo sil
教室

Lesson
4

● 민영 씨가 밥을 먹어요.
mi nyeong ssi ga ba beul meo geo yo
敏英吃飯。

學習重點

「을/를」為受格助詞，接在名詞後方，表示該名詞為動作或作用的對象。如果名詞以母音結束，就加를；如果名詞以子音結束，則加을。

句子拆解

민영＋씨＋가＋밥＋을＋먹다＋어요

1. 「민영」為人名。

2. 「씨」一般加在人名後方，有尊敬的成分，表示「某某先生／某某小姐」。

3. 「이/가」為主格助詞，加在名詞後方，該名詞則為句子的主詞。如果名詞以母音結束，就加가；如果名詞以子音結束，則加이。

4. 「밥」是名詞，有「飯」的意思。

5. 「을/를」為受格助詞，接在名詞後方，表示該名詞為動作或作用的對象。

6. 「먹다」為動詞，有「吃／喝」的意思。

7. 「아/어요」接在動詞、形容詞或이다後方，當

◆ 어딜 가세요?
eo dil ga se yo
要去哪裡呢？

◆ 누굴 만나요?
nu gul man na yo
和誰見面呢？

情境會話

A 아침식사를 먹었어요?
a chim sik ssa reul meo geo sseo yo

B 예, 먹었어요.
ye meo geo sseo yo

A 뭘 먹었어요?
mwol meo geo sseo yo?

B 햄버거를 먹었어요.
haem beo geo reul meo geo sseo yo

中文翻譯

Ⓐ 你吃早餐了嗎？

Ⓑ 是的，吃過了。

Ⓐ 吃了什麼？

Ⓑ 吃了漢堡。

必背單字

✎ 빵
ppang
麵包

✎ 보다
bo da
看

✎ 만나다
man na da
見面

✎ 아침식사
a chim sik ssa
早餐

✎ 햄버거
haem beo geo
漢堡

就是這一本
超實用韓語生活會話
Korean Conversation! This is the One!

Audio CD
Track 012

Lesson
5

● 우리 가족은 네 명이에요.
u ri ga jo geun ne myeong i e yo
我們家有四個人。

這課的學習重點是韓語的「純韓語數字」，如下表

1	2	3	4	5	6	7	8	9	10
하나	둘	셋	넷	다섯	여섯	일곱	여덟	아홉	열
11	20	30	40	50	60	70	80	90	100
열하나	스물	서른	마흔	쉰	예순	일흔	여든	아흔	백

句子拆解

우리＋가족＋은＋네(넷)＋명＋이에요

1. 「우리」為代名詞，有「我們」的意思。

2. 「가족」為名詞，有「家族／家人」的意思。

3. 「은/는」用來表示句子的主題或闡述的對象，
   若「은/는」接在名詞的後方，表示該名詞即是
   句子的主題。當名詞以母音結束，要加는，當名
   詞以子音結束，則加은。

4. 「넷」為數詞，表示「四」。當數詞的 하나
   (一)、둘(二)、셋(三)、넷(四)、스물(二十)遇到

개(個)、살(歲)、명(名／位)、권(本)等的量詞
時，會以不同的形式出現。例如，사과 한 개
（一個蘋果）、손님 두 명（兩位客人）、책
세 권（書三本）、스무 살（二十歲）、술 네
병（酒四瓶）。

5. 「명」為量詞，表示人的數量，相當於中文的
   「名／位」。

6. 「아/어요」為非格式體尊敬形，接在動詞、形
   容詞或이다後方，當이다前面的名詞是以母音結
   束，就接예요；當이다前面的名詞是以子音結
   束，則接이에요。

例句

✦ 소주 두 병 주세요.
　so ju du byeong ju se yo
　請給我兩瓶燒酒。

✦ 커피 한 잔 주시겠어요?
　keo pi han jan ju si ge sseo yo
　可以給我一杯咖啡嗎？

✦ 도서관에서 책 다섯 권을 빌렸어요.
　do seo gwa ne seo chaek da seot gwo neul ppil lyeo
　sseo yo
　在圖書館借了五本書。

補充說明

　　若要詢問對方東西或人的數量時，就在量詞前方加
上「몇」。몇相當於中文的「幾、多少」。

就是這一本
超實用韓語生活會話
Korean Conversation! This is the One!

Audio CD
Track 012

例句

◆ 몇 살이에요?
myeot sa ri e yo
幾歲?

◆ 사람이 몇 명 있어요?
sa ra mi myeot myeong i sseo yo
有幾個人?

◆ 자동차 몇 대 있어요?
ja dong cha myeot dae i sseo yo
有幾台車?

情境會話

Ⓐ 여기 의자가 몇 개예요?
yeo gi ui ja ga myeot gae ye yo

Ⓑ 모두 열 개예요.
mo du yeol gae ye yo

Ⓐ 그럼 책상이 몇 개예요?
geu reom chaek ssang i myeot gae ye yo

Ⓑ 열한 개예요.
yeol han gae ye yo

中文翻譯

Ⓐ 這裡有幾個椅子?

Ⓑ 總共十個。

Ⓐ 那有幾個書桌？

Ⓑ 十一個。

必背單字

✎ 몇
myeot
幾／多少

✎ 대
dae
台／輛

✎ 의자
ui ja
椅子

✎ 책상
chaek ssang
書桌

✎ 모두
mo du
全部

就是這一本
超實用韓語生活會話
Korean Conversation! This is the One!

Audio CD
Track 013

Lesson 6

● 이 가방은 삼만오천원이에요.
i ga bang eun sam ma no cheo nwo ni e yo
這包包三萬五千韓元。

這課的學習重點是韓語的「漢字語數字」，如下表

1	2	3	4	5	6	7	8	9	10
일	이	삼	사	오	육	칠	팔	구	십
11	12	20	30	40	50	60	70	80	90
십일	십이	이십	삼십	사십	오십	육십	칠십	팔십	구십
百	千	萬	十萬	百萬	千萬	億	兆	零	零
백	천	만	십만	백만	천만	억	조	영	공

句子拆解

이＋가방＋은＋삼＋만＋오＋천＋원＋이
에요.

1. 「이」為指示代名詞，表示離說話者較近的事
物，相當於中文的「這」。「그」表示離聽話者
較近的事物，相當於中文的「那」；「저」表示
同時離說話者和聽話者都遠的事物。

2. 「가방」為名詞，表示「包包」的意思。

3. 「은/는」用來表示句子的主題或闡述的對象，若「은/는」接在名詞的後方，表示該名詞即是句子的主題。當名詞以母音結束，要加는，當名詞以子音結束，則加은。

4. 「삼」為漢字語數詞，表示「三」。

5. 「만」為數詞，表示「萬」。

6. 「오」為漢字語數詞，表示「五」。

7. 「천」為數詞，表示「千」。

8. 「원」表示韓國的貨幣單位，相當於中文的「元」。

9. 「아/어요」為非格式體尊敬形，接在動詞、形容詞或이다後方，當이다前面的名詞是以母音結束，就接예요；當이다前面的名詞是以子音結束，則接이에요。

例句

✦ 지하철 일번 출구로 나가세요.
ji ha cheol il beon chul gu ro na ga se yo
請從地鐵一號出口出去。

✦ 구백구십구번 버스를 타고 기차역에 가요.
gu baek kku sip kku beon beo seu reul ta go gi cha yeo ge ga yo
搭 999 號公車去火車站。

✦ 여성복은 백화점 사층이에요.
yeo seong bo geun bae kwa jeom sa cheung i e yo
女性服飾在百貨公司四樓。

◆ 모두 오천구백 원입니다.

mo du o cheon gu baek wo nim ni da

全部是五千九百韓元。

●補充說明

韓國人在念일（一）開頭的數字時，不會將일念出來。例如，「一萬圓」不是念成「일만원」，而是念成「만원」。

例句

◆ 손님, 모두 천오백원이에요.

son nim mo du cheo no bae gwo ni e yo

客人，全部是一千五百韓元。

◆ 1999년 5월 10일. (천구백구십구년 오월 십일)

cheon gu baek kku sip kku nyeon o wol si bil

1999 年 5 月 10 日。

情境會話

A 아이스 커피가 얼마에요?

　　a i seu keo pi ga eol ma ye yo

B 2500 원이에요. (이천오백 원)

　　i cheo no baek wo ni e yo

A 두 잔 주세요.

　　du jan ju se yo

中文翻譯

Ⓐ 冰咖啡多少錢？

Ⓑ 2500 韓元。

Ⓐ 給我兩杯。

必背單字

✎ 가방
ga bang
包包

✎ 지하철
ji ha cheol
地鐵

✎ 기차역
gi cha yeok
火車站

✎ 버스
beo seu
公車

✎ 커피
keo pi
咖啡

就是這一本
超實用韓語生活會話
Korean Conversation! This is the One!

Audio CD
Track 014

Lesson
7

● 테이블 위에 컵이 있어요.
te i beul wi e keo bi i sseo yo
桌子上有杯子。

學習重點

　　있다表示某事物的存在，相當於中文的「有／在
…」。있다的反義詞為「없다」，相當於中文的「…
沒有…」。若要表示某事物在某處，則可以使用「地
方／場所에　東西이/가　있다」的句型。

句子拆解

테이블+위+에+컵+이+있다+어요

1. 「테이블」為名詞，表示「桌子／餐桌」的意思。

2. 「위」為名詞，表示「上面」的意思。

3. 「에」為處格助詞，接在表示地點或位置的名詞
　　後方，表示地點及位置。

4. 「컵」為名詞，表示「杯子」的意思。

5. 「이/가」為主格助詞，加在名詞後方，該名詞
　　則為句子的主詞。如果名詞以母音結束，就加
　　가；如果名詞以子音結束，則加이。

6. 「있다」表示「在／有」的意思。

7. 「아/어요」接在動詞、形容詞或이다後方，當

語幹的母音是「ㅏ‧ㅗ」時，就接아요；如果語幹的母音不是「ㅏ‧ㅗ」時，就接「어요」；如果是하다類的動詞，就接여요，兩者結合後會變成해요。

例句

✦ 핸드폰이 어디에 있어요?
haen deu po ni eo di e i sseo yo
手機在哪裡？

✦ 책상 앞에 의자가 있어요.
chaek ssang a pe ui ja ga i sseo yo
書桌前有椅子。

✦ 교실 안에 칠판이 있어요.
gyo sil a ne chil pa ni i sseo yo
教室裡面有黑板。

✦ 나무 아래에 사람이 없어요.
na mu a rae e sa ra mi eop sseo yo
樹下沒有人。

補充說明

「있다」也可以表示「擁有」的意思，相當於中文的「有」。反義詞的없다，則表示「沒有」的意思。

例句

✦ 형은 차가 있어요.
hyeong eun cha ga i sseo yo
哥哥有車。

就是這一本
超實用韓語生活會話
Korean Conversation! This is the One!

Audio CD
Track 014

◆ 나는 형제가 있어요.
na neun hyeong je ga i sseo yo
我有兄弟姊妹。

◆ 저는 돈이 없어요.
jeo neun do ni eop sseo yo
我沒有錢。

情境會話

A 우체국이 어디에 있어요?
u che gu gi eo di e i sseo yo

B 서점 건너편에 있어요.
seo jeom geon neo pyeo ne i sseo yo

A 우표가 있어요?
u pyo ga i sseo yo

B 아니요, 없어요.
a ni yo, eop sseo yo

中文翻譯

A 郵局在哪裡？

B 在書局對面。

A 你有郵票嗎？

B 沒有。

必背單字

✎ 칠판
chil pan
黑板

✎ 우체국
u che guk
郵局

✎ 서점
seo jeom
書店

✎ 건너편
geon neo pyeon
對面

✎ 우표
u pyo
郵票

Lesson
8

지금 몇 시예요?

ji geum myeot si ye yo

現在幾點？

　　如果想問對方現在幾點，可以使用「지금 몇 시예요?」來詢問對方。如果要回答對方現在幾點，可以使用「지금 ～시 ～분이에요.」的句型。這裡要特別注意的地方是韓語的幾點鐘，是以純韓文數字來表示；韓語的分鐘，則是以漢字音數字來表示。

句子拆解

지금＋몇＋시＋예요

1. 「지금」為名詞，表示「現在／目前」。

2. 「몇」可以用來詢問數量或時間，相當於中文的「幾、多少」。

3. 「시」為依存名詞，表示時間上的「～（幾）點」。

4. 「아/어요」為非格式體尊敬形，接在動詞、形容詞或이다後方，當이다前面的名詞是以母音結束，就接예요；當이다前面的名詞是以子音結束，則接이에요。

例句

✦ 오후 네 시 사십오분이에요.
o hu ne si sa si bo bu ni e yo
下午四點四十五分。

✦ 새벽 다섯 시예요.
sae byeok da seot si ye yo
清晨五點。

✦ 밤 열두 시 반예요.
bam yeol du si ba nye yo
晚上十二點半。

✦ 오전 열한 시 십분이에요.
o jeon yeol han si sip ppu ni e yo
上午十一點十分。

補充說明

　　如果要表示在幾點做什麼事，可以在時間名詞後面，加上에。

例句

✦ 오후 세 시에 만나요.
o jeon yeol han si sip ppu ni e yo
下午三點見面。

✦ 저녁 여섯 시에 퇴근해요.
jeo nyeok yeo seot si e toe geun hae yo
傍晚六點下班。

✦ 아침 일곱 시에 일어나요.
a chim il gop si e i reo na yo
早上七點起床。

就是這一本
超實用韓語生活會話
Korean Conversation! This is the One!

Audio CD
Track 015

✦ 밤 여덟 시에 TV를 봐요.
bam yeo deol si e TV reul ppwa yo
晚上八點看電視。

情境會話

Ⓐ 지금 몇 시예요?
ji geum myeot si ye yo

Ⓑ 지금 열한 시 삼십분이에요.
ji geum yeol han si sam sip ppu ni e yo

Ⓐ 내일 몇 시에 학교에 가요?
nae il myeot si e hak kkyo e ga yo

Ⓑ 내일 오전 아홉 시에 학교에 가요.
nae il o jeon a hop si e hak kkyo e ga yo

中文翻譯

Ⓐ 現在幾點？

Ⓑ 現在十一點三十分。

Ⓐ 明天幾點去學校？

Ⓑ 明天上午九點去學校。

必背單字

✎ 아침
a chim
早上

✎오전
o jeon
上午

✎오후
o hu
下午

✎저녁
jeo nyeok
傍晚

✎밤
bam
晚上

就是這一本
超實用韓語生活會話
Korean Conversation! This is the One!

Audio CD
Track 016

● 오늘 몇 월 며칠이에요?

o neul myeot wol myeo chi ri e yo

今天幾月幾號？

學習重點

如果要詢問他人今天幾月幾號，可以使用「오늘 몇 월 며칠이에요?」來詢問對方。如果要回答別人今天幾月幾號時，可以使用「～월 ～일이에요.」來回答對方。如下表

月份

1 月	2 月	3 月	4 月	5 月	6 月
일월	이월	삼월	사월	오월	유월
7 月	8 月	9 月	10 月	11 月	12 月
칠월	팔월	구월	시월	십일월	십이월

日期

1 日	2 日	3 日	4 日	5 日	6 日
일일	이일	삼일	사일	오일	육일
7 日	8 日	9 日	10 日	11 日	12 日
칠일	팔일	구일	십일	십일일	십이일
13 日	14 日	15 日	16 日	17 日	18 日
십삼일	십사일	십오일	십육일	십칠일	십팔일
19 日	20 日	21 日	22 日	23 日	24 日
십구일	이십일	이십일일	이십이일	이십삼일	이십사일
25 日	26 日	27 日	28 日	29 日	30 日
이십오일	이십육일	이십칠일	이십팔일	이십구일	삼십일

句子拆解

오늘 + 몇 + 월 + 며칠 + 이에요

1. 「오늘」爲名詞，表示「今天」的意思。

2. 「몇」可以用來詢問數量或時間，相當於中文的 「幾、多少」。

3. 「월」爲名詞，表示時間上的「月份」。

4. 「며칠」表示時間上的「幾日／幾號」。

5. 「아/어요」爲非格式體尊敬形，接在動詞、形 容詞或이다後方，當이다前面的名詞是以母音結 束，就接예요；當이다前面的名詞是以子音結 束，則接이에요。

例句

◆ 오늘은 오월 십일일이에요.
o neu reun o wol si bi ri ri e yo
今天五月十一號。

◆ 내일은 십이월 오일이에요.
nae i reun si bi wol o i ri e yo
明天十二月五號。

◆ 제 생일은 구월 사일이에요.
je saeng i reun gu wol sa i ri e yo
我的生日是九月四號。

◆ 졸업식이 유월 이십일이에요.
jo reop ssi gi yu wol i si bi ri e yo
畢業典禮是六月二十號。

●補充說明

如要詢問他人今天星期幾，可以使用「오늘 무슨 요일이에요?」來詢問對方。

星期一	星期二	星期三	星期四	星期五	星期六	星期日
월요일	화요일	수요일	목요일	금요일	토요일	일요일

例句

◆ 내일은 무슨 요일이에요?
  nae i reun mu seun yo i ri e yo
  明天星期幾？

◆ 오늘은 수요일이에요.
  o neu reun su yo i ri e yo
  今天星期三。

◆ 이번주 일요일에 등산을 갈 거예요.
  i beon ju i ryo i re deung sa neul kkal kkeo ye yo
  這星期日要去爬山。

◆ 지난 주 금요일에 시험을 봤어요.
  ji nan ju geu myo i re si heo meul ppwa sseo yo
  上星期五考過試了。

情境會話

A 오늘 무슨 요일이에요?
  o neul mu seun yo i ri e yo

B 월요일이에요.
  wo ryo i ri e yo

A 방학이 언제예요?
  bang ha gi eon je ye yo

B 다음 주 목요일부터 방학이에요.

da eum ju mo gyo il bu teo bang ha gi e yo

中文翻譯

Ⓐ 今天星期幾?

Ⓑ 星期一。

Ⓐ 什麼時候放假?

Ⓑ 下星期四開始放假。

必背單字

✎ 언제
eon je
何時

✎ 생일
saeng il
生日

✎ 등산
deung san
爬山

✎ 다음 주
da eum ju
下星期

✎ 방학
bang hak
放假／假期

就是這一本
超實用韓語生活會話
Korean Conversation! This is the One!

Audio CD
Track 017

Lesson
10

● 점심 식사를 먹었어요.
jeom sim sik ssa reul meo geo sseo yo
我吃過午餐了。

　　韓文句子的過去式句型，就是將「았/었/였」加
在動詞、形容詞或이다的語幹後方。當語幹的母音是
「ㅏ.ㅗ」時，就接았어요；如果語幹的母音不是「ㅏ.
ㅗ」時，就接었어요；如果是하다類的動詞，就接였
어요，兩者結合後會變成했어요。當이다前面的名詞
是以母音結束，就接었어요；當이다前面的名詞是以
子音結束，則接이었어요。

句子拆解

점심＋식사＋를＋먹다＋었＋어요

1. 「점심」為名詞，表示「中午／午飯」。

2. 「식사」為名詞，表示「餐／飯」的意思。

3. 「을/를」為受格助詞，接在名詞後方，表示該
　　名詞為動作或作用的對象。

4. 「먹다」為動詞，有「吃／喝」的意思。

5. 「았/었/였」加在動詞、形容詞或이다的語幹後
　　方。當語幹的母音是「ㅏ.ㅗ」時，就接았；如
　　果語幹的母音不是「ㅏ.ㅗ」時，就接었；如果

是하다類的動詞，就接였，兩者結合後會變成했。

6. 「아/어요」為非格式體尊敬形，若加在表示過去式的「았/었/였」後方，一律使用어요。

例句

+ 어제 뭘 했어요?
  eo je mwol hae sseo yo
  你昨天做了什麼事？

+ 아까 라면을 먹었어요.
  a kka ra myeo neul meo geo sseo yo
  剛才吃了泡麵。

+ 여동생이 학교에 갔어요.
  yeo dong saeng i hak kkyo e ga sseo yo
  妹妹去學校了。

+ 커피 두 잔을 마셨어요.
  keo pi du ja neul ma syeo sseo yo
  喝了兩杯咖啡。

情境會話

A 미연 씨, 어제 밤 뭘 했어요?
mi yeon ssi eo je bam mwol hae sseo yo

B 집에서 한국 영화를 봤어요.
ji be seo han guk yeong hwa reul ppwa sseo yo

A 재미있었어요?
oek jjae mi i sseo sseo yo

B 예, 아주 재미있었어요.
ye a ju jae mi i sseo sseo yo

中文翻譯

Ⓐ 美妍，你昨天晚上做了什麼事？

Ⓑ 在家裡看了韓國電影。

Ⓐ 好看嗎？

Ⓑ 很好看。

必背單字

✎ 아까
a kka
剛才

✎ 라면
ra myeon
泡麵

✎ 여동생
yeo dong saeng
妹妹

✎ 마시다
ma si da
喝

✎ 집
jip
家

✎ 재미있다
jae mi it tta
有趣

✎ 한국
han guk
韓國

✎ 영화
yeong hwa
電影

就是這一本
超實用韓語生活會話
Korean Conversation! This is the One!

Audio CD
Track 018

Lesson 11

● 내일 한국에 갈 거예요.
nae il han gu ge gal kkeo ye yo
我明天要去韓國。

　　韓語句子的未來式句型為「(으)ㄹ 거예요」，
加在動詞語幹後方，表示未來的計畫或個人意志。相
當於中文的「將要…/會…/打算…」。當動詞語幹
以母音結束或ㄹ結束，就接「ㄹ 거예요」，若動詞
語幹以子音結束，則接「을 거예요」。

句子拆解

　내일＋한국＋에＋가다＋ㄹ 거예요.

1. 「내일」為名詞，表示「明天」。

2. 「한국」為名詞，表示「韓國」

3. 「에」和가다、오다等的動詞一起使用時，表示
   行進的方向或目的地。

4. 「가다」為動詞，表示「去／前往」。

5. 「(으)ㄹ 거예요」接在動詞後方，表示未來的
   計畫或個人意志。當動詞語幹以母音結束或ㄹ結
   束，就接「ㄹ 거예요」，若動詞語幹以子音結
   束，則接「을 거예요」。

例句

◆ 내년에 이사할 거예요.
nae nyeo ne i sa hal kkeo ye yo
明年我會搬家。

◆ 다음 주 토요일에 고향에 돌아갈 거예요.
da eum ju to yo i re go hyang e do ra gal kkeo ye yo
下星期六我要回老家。

◆ 주말에 등산을 갈 거예요.
ju ma re deung sa neul kkal kkeo ye yo
周末會去爬山。

◆ 삼년 후에 미국에 유학하러 갈 거예요.
sam nyeon hu e mi gu ge yu ha ka reo gal kkeo ye yo
三年後我會去美國留學。

補充說明

「 (으)ㄹ 거예요」也可以用來表示推測。

例句

◆ 그는 아주 바쁠 거예요.
geu neun a ju ba ppeul kkeo ye yo
他應該很忙。

◆ 손님들이 이따가 도착할 거예요.
son nim deu ri i tta ga do cha kal kkeo ye yo
客人們應該待會就會到了。

◆ 내일 비가 올 거예요.
nae il bi ga ol geo ye yo
明天好像會下雨。

✦ 그녀는 정말 모를 거예요.

geu nyeo neun jeong mal mo reul kkeo ye yo

她好像真的不知道吧。

情境會話

A 이번주 주말에 뭐 할 거예요?

i beon ju ju ma re mwo hal kkeo ye yo

B 집에서 드라마를 볼 거예요. 민준 씨는요?

ji be seo deu ra ma reul ppol geo ye yo min jun ssi neu nyo

A 친구와 같이 놀러 갈 거예요.

chin gu wa ga chi nol leo gal kkeo ye yo

中文翻譯

Ⓐ 這個周末你要做什麼？

Ⓑ 我要在家裡看連續劇，民俊你呢？

Ⓐ 我要和朋友去玩。

必背單字

✎ 손님
son nim
客人

✎ 바쁘다
ba ppeu da
忙碌

✎ 드라마
deu ra ma
連續劇

✎ 친구
chin gu
朋友

✎ 놀다
nol da
玩

Lesson
12

● 선생님이 한국어를 가르치고 있
어요.

seon saeng ni mi han gu geo reul kka reu chi go i
sseo yo

老師正在教韓語。

學習重點

　　韓語句子的現在進行式句型為「 고 있다」，加
在動詞語幹後方，表示某一動作的進行或持續，相當
於中文的「正在…」。

句子拆解

> 선생님＋이＋한국어＋를＋가르치다＋고
> 있다＋어요

1. 「선생님」為名詞，表示「老師」。

2. 「이/가」為主格助詞，加在名詞後方，該名詞
   則為句子的主詞。如果名詞以母音結束，就加
   가；如果名詞以子音結束，則加이。

3. 「한국어」為名詞，表示「韓國語」。

4. 「을/를」為受格助詞，接在名詞後方，表示該
   名詞為動作或作用的對象。

5. 「가르치다」為動詞，表示「教導／指導」。

6. 「고 있다」加在動詞語幹後方，表示某一動作的進行或持續，相當於中文的「正在…」。

7. 「아/어요」接在動詞、形容詞或이다後方，當語幹的母音是「ㅏ·ㅗ」時，就接아요；如果語幹的母音不是「ㅏ·ㅗ」時，就接「어요」；如果是하다類的動詞，就接여요，兩者結合後會變成해요。

例句

✦ 미영 씨는 지금 공부를 하고 있어요.
  mi yeong ssi neun ji geum gong bu reul ha go i sseo yo
  美英現在在讀書。

✦ 언니가 음식을 만들고 있어요.
  eon ni ga eum si geul man deul kko i sseo yo
  姊姊正在做飯。

✦ 동생은 자고 있어요.
  dong saeng eun ja go i sseo yo
  弟弟（妹妹）在睡覺。

✦ 저는 학교에 가고 있어요.
  jeo neun hak kkyo e ga go i sseo yo
  我正要去學校。

●補充說明

「고 있다」也可以使用在過去式，表示過去動作的持續。如果要使用在過去式，就必須在고 있다後面加上代表過去式的「았/었/였」。

就是這一本
超實用韓語生活會話
Korean Conversation! This is the One!

Audio CD
Track 019

例句

◆ 그때 저는 집에 있었어요.
geu ttae jeo neun ji be i sseo sseo yo
那時候我在家裡。

◆ 방금 집에서 청소하고 있었어요.
bang geum ji be seo cheong so ha go i sseo sseo yo
剛才我在家裡打掃。

◆ 무슨 영화를 보고 있었어요?
mu seun yeong hwa reul ppo go i sseo sseo yo
你（那時）在看什麼電影呢？

情境會話

A 왜 전화를 받지 않았어요?
wae jeon hwa reul ppat jji a na sseo yo

B 수업을 하고 있었어요.
su eo beul ha go i sseo sseo yo

A 그럼 지금 뭐 해요?
geu reom ji geum mwo hae yo

B 숙제를 하고 있어요.
suk jje reul ha go i sseo yo

中文翻譯

Ⓐ 為什麼不接電話？

Ⓑ 剛剛我在上課。

Ⓐ 那現在你在做什麼？

B 在寫作業。

必背單字

✎ 공부
gong bu
學習、讀書

✎ 음식
eum sik
食物、飲食

✎ 전화
jeon hwa
電話

✎ 수업
su eop
聽課、上課

✎ 숙제
suk jje
作業

就是這一本
超實用韓語生活會話
Korean Conversation! This is the One!

Audio CD
Track 020

Lesson
13

● 저는 옷과 가방을 샀어요.
jeo neun ot kkwa ga bang eul ssa sseo yo
我買了衣服和包包。

韓文句子中的列舉用法，可以使用「와/과/하고」，加在名詞後方，相當於中文的「和…」。當名詞以母音結束，就接「와」；當名詞以子音結束，就接「과」。「하고」常用於日常對話中，直接加在母音或子音節結束的名詞後面即可。

句子拆解

저＋는＋옷＋과＋가방＋을＋사다＋았＋어요

1. 「저」表示「我」的意思，爲謙詞的一種，向聽話者表示尊敬。

2. 「은/는」用來表示句子的主題或闡述的對象，若「은/는」接在名詞的後方，表示該名詞即是句子的主題。當名詞以母音結束，要加는，當名詞以子音結束，則加은。

3. 「옷」爲名詞，表示「衣服」。

4. 「와/과」，加在名詞後方，相當於中文的「和…」。當名詞以母音結束，就接「와」；當名詞

　　以子音結束，就接「과」。

5. 「가방」為名詞，表示「包包」的意思。

6. 「을/를」為受格助詞，接在名詞後方，表示該名詞為動作或作用的對象。

7. 「사다」為動詞，表示「買」。

8. 「았/었/였」加在動詞、形容詞或이다的語幹後方。當語幹的母音是「ㅏ.ㅗ」時，就接았；如果語幹的母音不是「ㅏ.ㅗ」時，就接었；如果是하다類的動詞，就接였，兩者結合後會變成했。

9. 「아/어요」為非格式體尊敬形，若加在表示過去式的「았/었/였」後方，一律使用어요。

例句

✦ 동생은 과자와 사탕을 좋아합니다.
dong saeng eun gwa ja wa sa tang eul jjo a ham ni da
弟弟（妹妹）喜歡餅乾和糖果。

✦ 오늘 친구와 같이 술을 마셨어요.
o neul chin gu wa ga chi su reul ma syeo sseo yo
今天和朋友一起喝酒了。

✦ 샌드위치하고 커피 주세요.
saen deu wi chi ha go keo pi ju se yo
請給我三明治和咖啡。

✦ 저는 비빔밥과 갈비탕을 좋아해요.
jeo neun bi bim bap kkwa gal ppi tang eul jjo a hae
yo
我喜歡拌飯和排骨湯。

●補充説明

「와/과」主要使用在文章、寫作、報告、演說等的場合上；「(이)랑」和「하고」較常使用在一般的對話中。「(이)랑」也是接在名詞後方，當名詞以母音結束，就接「랑」；當名詞以子音結束，就接「이랑」。

例句

✦ 아침에 어머니랑 같이 시장에 갔었어요.
a chi me eo meo ni rang ga chi si jang e ga sseo sseo yo
早上和媽媽一起去了市場。

✦ 주말에 친구들이랑 함께 영화를 보러 갈 거예요.
ju ma re chin gu deu ri rang ham kke yeong hwa reul ppo reo gal kkeo ye yo
周末要和朋友們一起去看電影。

✦ 그녀와 저는 고등학생이에요.
geu nyeo wa jeo neun go deung hak ssaeng i e yo
她和我是高中生。

✦ 여기는 소설책하고 만화책이 있어요.
yeo gi neun so seol chae ka go man hwa chae gi i sseo yo
這裡有小説和漫畫。

情境會話

A 어디에 가요?
eo di e ga yo

B 저녁을 먹으러 가요.
jeo nyeo geul meo geu reo ga yo

A 누구랑 같이 가요?
nu gu rang ga chi ga yo

B 남자친구하고 같이 가요.
nam ja chin gu ha go ga chi ga yo

中文翻譯

Ⓐ 你要去哪裡？

Ⓑ 去吃晚餐。

Ⓐ 和誰一起去？

Ⓑ 和男朋友一起去。

必背單字

✎ 소설
so seol
小說

✎ 만화책
man hwa chaek
漫畫

✎ 함께
ham kke
一起

✎ 같이
ga chi
一起

就是這一本
超實用韓語生活會話
Korean Conversation! This is the One!

Audio CD
Track **021**

● 이것은 언니의 지갑이에요.
i geo seun eon ni ui ji ga bi e yo
這是姊姊的皮夾。

韓文句子的所有格句型，可以使用「의」，加在代名詞（人）的後方，表示「某人的…（東西）」，中文可翻譯成「…的…」。의為助詞，在對話中經常被省略掉，其讀音有「의」和「에」兩種，大部分的韓國人會念為「에」。

句子拆解

이 + 것 + 은 + 언니 + 의 + 지갑 + 이에요

1. 「이」為指示代名詞，表示離說話者較近的事物，相當於中文的「這」。「그」表示離聽話者較近的事物，相當於中文的「那」；「저」表示同時離說話者和聽話者都遠的事物。

2. 「것」為依存名詞，表示「事／物」，經常和「이/그/저」一起使用。이것表「這個事物」；그것表「那個事物」；「저것」表「（較遠的）那個事物」。

3. 「은/는」用來表示句子的主題或闡述的對象，若「은/는」接在名詞的後方，表示該名詞即是

句子的主題。當名詞以母音結束，要加는，當名詞以子音結束，則加은。

4. 「언니」爲名詞，「姊姊」的意思。妹妹稱呼姊姊時，使用언니；弟弟稱呼姊姊時，使用누나。

5. 「의」爲所有格的用法，相當於中文的「…的…」。

6. 「지갑」爲名詞，表示「皮夾／錢包」。

7. 「아/어요」爲非格式體尊敬形，接在動詞、形容詞或이다後方，當이다前面的名詞是以母音結束，就接예요；當이다前面的名詞是以子音結束，則接이에요。

例句

✦ 그것은 누구의 안경이에요?
geu geo seun nu gu ui an gyeong i e yo
那是誰的眼鏡？

✦ 저분은 아영 씨의 아버지예요.
jeo bu neun a yeong ssi ui a beo ji ye yo
那位是亞英的爸爸。

✦ 이것은 저의 핸드폰이에요.
i geo seun jeo ui haen deu po ni e yo.
這是我的手機。

✦ 우리 선생님은 아주 친절해요.
u ri seon saeng ni meun a ju chin jeol hae yo
我們的老師很親切。

情境會話

A 성함이 어떻게 되세요?
seong ha mi eo tteo ke doe se yo?

B 제 이름은 이수영이에요.
je i reu meun i su yeong i e yo

A 옆에 계시는 분이 누구예요?
yeo pe gye si neun bu ni nu gu ye yo

B 제 여동생의 친구예요.
je yeo dong saeng ui chin gu ye yo

中文翻譯

Ⓐ 您貴姓大名？

Ⓑ 我的名字的李秀英。

Ⓐ 在你旁邊的人是誰？

Ⓑ 是我妹妹的朋友。

必背單字

安경
an gyeong
眼鏡

아버지
a beo ji
爸爸

✎ 핸드폰
haen deu pon
手機

✎ 성함
seong ham
姓名

✎ 옆
yeop
旁邊

✎ 계시다
gye si da
在（있다的敬語）

Lesson 15

● 그녀는 지하철역에서 친구를 기 다려요.

geu nyeo neun ji ha cheo ryeo ge seo chin gu reul kki da ryeo yo

她在地鐵站等朋友。

　　如果想要用韓語表示在什麼地方做某事，可以使用「…에서…하다」的句型，「에서」加在地點名詞的後方，相當於中文的「在…做…」。

句子拆解

그녀＋는＋지하철＋역＋에서＋친구＋를 ＋기다리다＋어요

1. 「그녀」是由人稱代名詞的「그」和意思為「女生╱女子」的「녀」結合而成，表示「她」。

2. 「은/는」用來表示句子的主題或闡述的對象，若「은/는」接在名詞的後方，表示該名詞即是句子的主題。當名詞以母音結束，要加는，當名詞以子音結束，則加은。

3. 「지하철」為名詞，表示「地鐵」。

4. 「역」為名詞，表示「車站」。

5. 「에서」為助詞，接在地點名詞的後方，表示某一行為或動作進行的場所。

6. 「친구」爲名詞，表示「朋友」。

7. 「을/를」爲受格助詞，接在名詞後方，表示該名詞爲動作或作用的對象。

8. 「기다리다」爲動詞，表示「等待／等候」。

9. 「아/어요」接在動詞、形容詞或이다後方，當語幹的母音是「ㅏ.ㅗ」時，就接아요；如果語幹的母音不是「ㅏ.ㅗ」時，就接「어요」；如果是하다類的動詞，就接여요，兩者結合後會變成해요。

例句

✦ 학생들이 교실에서 시험을 보고 있어요.
 hak ssaeng deu ri gyo si re seo si heo meul ppo go i sseo yo
 學生們正在教室裡考試。

✦ 남동생이 방에서 게임을 해요.
 nam dong saeng i bang e seo ge i meul hae yo
 弟弟在房間玩遊戲。

✦ 어제 동대문에서 쇼핑을 했어요.
 eo je dong dae mu ne seo syo ping eul hae sseo yo.
 昨天在東大門購物。

✦ 커피숍에서 친구를 만났어요.
 keo pi syo be seo chin gu reul man na sseo yo
 在咖啡店見了朋友。

補充說明

當「에서」和代名詞「어디」一起使用時，可以簡化成「어디서」。

例句

✦ 어디서 살아요?
eo di seo sa ra yo
你住在哪裡？

✦ 어디서 점심을 먹었어요?
eo di seo jeom si meul meo geo sseo yo
你在哪裡吃了午餐？

✦ 어디서 한국어를 배웠어요?
eo di seo han gu geo reul ppae wo sseo yo
你在哪裡學韓文的？

情境會話

A 지영 씨는 어디에 있어요?
ji yeong ssi neun eo di e i sseo yo

B 지영 씨는 도서관에서 공부를 하고 있어요.
ji yeong ssi neun do seo gwa ne seo gong bu reul ha go i sseo yo

A 내일 뭘 할 거예요?
nae il mwol hal kkeo ye yo

B 수영장에서 수영을 할 거예요.
su yeong jang e seo su yeong eul hal kkeo ye yo

中文翻譯

A 智英在哪裡？

B 智英在圖書館讀書。

A 你明天要做什麼？

B 我要去游泳池游泳。

必背單字

✎ 시험을 보다
si heo meul ppo da
考試

✎ 방
bang
房間

✎ 살다
sal tta
住／居住

✎ 도서관
do seo gwan
圖書館

✎ 수영장
su yeong jang
游泳池

✎ 수영하다
su yeong ha da
游泳

就是這一本
超實用韓語生活會話
Korean Conversation! This is the One!

Audio CD
Track 023

Lesson
16

● 수업 시간은 오전 8시부터 오후 3시까지예요.

su eop si ga neun o jeon yeo deop ssi bu teo o hu se si kka ji ye yo

上課時間是上午八點到下午三點。

如果要用韓文表示某一時間的範圍，可以使用「～부터 ～까지」的句型，相當於中文的「從…到…為止」。부터代表時間的起點；까지代表時間或距離的終點。

句子拆解

수업＋시간＋은＋오전＋8(여덟)＋시＋부터＋오후＋3(셋)＋시＋까지＋예요

1. 「수업」為名詞，表示「上課／聽課」。

2. 「시간」為名詞，表示「時間」。

3. 「은/는」用來表示句子的主題或闡述的對象，若「은/는」接在名詞的後方，表示該名詞即是句子的主題。當名詞以母音結束，要加는，當名詞以子音結束，則加은。

4. 「오전」為名詞，表示「上午」。

5. 「여덟」為數詞，表示「8」。

6. 「시」爲依存名詞，表示時間上的「～（幾）點」。

7. 「부터」爲助詞，若接在時間名詞後方，表某一時間的起點。

8. 「오후」爲名詞，表示「下午」。

9. 「셋」爲數詞，表示「３」。和表幾點的「시」一起使用時，會變成「세시三點」。

10. 「까지」為助詞，若接在表時間或地點的名詞後方，表示時間或距離上的範圍、限度。

11. 「아/어요」為非格式體尊敬形，接在動詞、形容詞或이다後方，當이다前面的名詞是以母音結束，就接예요；當이다前面的名詞是以子音結束，則接이에요。

例句

✦ 오후 5시부터 밤 10시까지 아르바이트를 해요.
o hu da seot ssi bu teo bam yeol si kka ji a reu ba i teu reul hae yo
從下午五點打工到晚上十點。

✦ 휴식 시간은 정오 12시부터 오후 1시예요.
hyu sik si ga neun jeong o yeol du si bu teo o hu han si ye yo
休息時間是從中午十二點到下午一點。

✦ 내일부터 여름 방학이에요.
nae il bu teo yeo reum bang ha gi e yo
明天開始就是暑假。

◆ 이 박물관은 오전 10시부터 오후 5시까지 엽니다.
i bang mul gwa neun o jeon yeol si bu teo o hu da
seot ssi kka ji yeom ni da
這個博物館從上午十點開到下午五點。

● 補充說明

　　如果要用韓文表示某一距離的範圍，可以使用「～
에서 ～까지」的句型，相當於中文的「從…到…」。

✔ 例句

◆ 집에서 회사까지 지하철로 30분쯤 걸려요.
ji be seo hoe sa kka ji ji ha cheol lo sam sip ppun
jjeum geol lyeo yo
從家裡到公司搭地鐵要花三十分鐘左右。

◆ 여기에서 공항까지 어떻게 가요?
yeo gi e seo gong hang kka ji eo tteo ke ga yo
從這裡到機場要怎麼去？

◆ 여기에서 기차역까지 멀어요?
yeo gi e seo gi cha yeok kka ji meo reo yo
從這裡到火車站遠嗎？

◆ 서울에서 부산까지 시간이 얼마나 걸려요?
seo u re seo bu san kka ji si ga ni eol ma na geol lyeo
yo?
從首爾到釜山要花多久時間？

情境會話

A 집에서 여기까지 시간이 얼마나 걸려요?
ji be seo yeo gi kka ji si ga ni eol ma na geol lyeo yo?

B 버스를 타고 20분쯤 걸려요.
beo seu reul ta go i sip ppun jjeum geol lyeo yo

A 회의 시간은 오후 2시까지예요.
hoe ui si ga neun o hu du si kka ji ye yo

B 예, 알았어요.
ye a ra sseo yo

中文翻譯

Ⓐ 從你家到這裡要花多久時間？

Ⓑ 搭公車要花二十分鐘左右。

Ⓐ 開會時間到下午兩點。

Ⓑ 我知道了。

必背單字

✎ 공항
gong hang
機場

✎ 회의
hoe ui
開會

✎ 버스
beo seu
公車

✎ 타다
ta da
搭（大眾運輸工具）

● 친구한테 전화를 했어요.
chin gu han te jeon hwa reul hae sseo yo
打了電話給朋友。

學習重點

　　「에게/한테」加在表示人或動物的名詞後方，表示受到某一行為所影響的對象，一般和주다（給）、보내다（寄送）、묻다（問）、말하다（說）、전화하다（打電話）、가다（去）、오다（來）等的動詞一起使用。相當於中文的「給…／向…」。

　　「에게」可以使用在書面體或對話中；「한테」主要使用在口語會話中。

句子拆解

> 친구＋한테＋전화＋를＋하다＋였＋어요

1. 「친구」爲名詞，表示「朋友」。

2. 「에게/한테」加在表示人或動物的名詞後方，表示受到某一行爲所影響的對象。

3. 「전화」爲名詞，表示「電話」。

4. 「을/를」爲受格助詞，接在名詞後方，表示該名詞爲動作或作用的對象。

5. 「하다」爲動詞，表示「做」。

6. 「았/었/였」加在動詞、形容詞或이다的語幹後方。當語幹的母音是「ㅏ.ㅗ」時，就接았；如果語幹的母音不是「ㅏ.ㅗ」時，就接었；如果是하다類的動詞，就接였，兩者結合後會變成했。

7. 「아/어요」為非格式體尊敬形，若加在表示過去式的「았/었/였」後方，一律使用어요。

例句

✦ 부모님이 동생에게 돈을 주었어요.
bu mo ni mi dong saeng e ge do neul jju eo sseo yo.
父母給了弟弟（妹妹）錢。

✦ 한국친구에게 편지를 보냈어요.
han guk chin gu e ge pyeon ji reul ppo nae sseo yo
寄信給韓國朋友。

✦ 민정 씨가 강아지한테 밥을 줘요.
min jeong ssi ga gang a ji han te ba beul jjwo yo
敏貞給小狗飯。

✦ 여자친구한테 청혼을 했어요.
yeo ja chin gu han te cheong ho neul hae sseo yo
向女朋友求婚了。

補充說明

在為他人做事或給他人東西的用法中，「에게/한테」前面所接的人物名詞，只可以是和自己地位相當或比自己低的人；如果是比自己地位高或該表尊敬的人時，則要使用「께」來取代「에게/한테」。同時，後面出現的「주다」要改成「드리다」。

例句

✦ 선생님께 숙제를 드렸습니다.

seon saeng nim kke suk jje reul tteu ryeot sseum ni da

給了老師作業。

✦ 할아버지께 말씀드렸어요.

ha ra beo ji kke mal sseum tteu ryeo sseo yo

向爺爺說了。

✦ 사장님께 초대장을 보내 드렸어요.

sa jang nim kke cho dae jang eul ppo nae deu ryeo sseo yo

寄邀請函給社長了。

情境會話

A 뭐 해요?

mwo hae yo?

B 친구에게 생일카드를 쓰고 있어요.

chin gu e ge saeng il ka deu reul sseu go i sseo yo

A 이것은 뭐예요?

i geo seun mwo ye yo

B 그 친구에게 줄 생일 선물이에요.

geu chin gu e ge jul saeng il seon mu ri e yo

中文翻譯

A 你在做什麼？

B 我在給朋友寫生日卡片。

A 這是什麼？

B 這是要送給那位朋友的生日禮物。

必背單字

💬 말씀하다
mal sseum ha da
説話（是말하다的敬語）

💬 할아버지
ha ra beo ji
爺爺

💬 생일
saeng il
生日

💬 카드
ka deu
卡片

💬 선물
seon mul
禮物

就是這一本
超實用韓語生活會話
Korean Conversation! This is the One!

Audio CD
Track 025

Lesson
18

● 나도 같이 갈 거예요.

na do ga chi gal kkeo ye yo

我也要一起去。

學習重點

「도」可以加在主語或受詞名詞後面，表示「添加」或「和文脈中可以把握的事物一樣」的意思，相當於中文的「…也」。但如果도加在主格助詞或受格助詞的後面，主格助詞「이/가」或受格助詞「을/를」會被省略。

句子拆解

나＋도＋같이＋가다＋ㄹ 거예요

1. 「나」表示「我」的意思。

2. 「도」表示「添加」或「和文脈中可以把握的事物一樣」的意思，相當於中文的「…也」。

3. 「같이」為副詞，表示「一起／一塊」。

4. 「가다」為動詞，表示「去」。

5. 「(으)ㄹ 거예요」接在動詞後方，表示未來的計畫或個人意志。當動詞語幹以母音結束或ㄹ結束，就接「ㄹ 거예요」，若動詞語幹以子音結束，則接「 을 거예요」。

✔例句

✦ 저는 한국 사람이에요. 그리고 그녀도 한국 사람
이에요.
jeo neun han guk sa ra mi e yo geu ri go geu nyeo do
han guk sa ra mi e yo
我是韓國人，而且她也是韓國人。

✦ 홍기 씨는 잘 생겼어요. 그리고 동해 씨도 잘 생
겼어요.
hong gi ssi neun jal ssaeng gyeo sseo yo geu ri go
dong hae ssi do jal ssaeng gyeo sseo yo
洪基長得很帥，還有東海也長得很帥。

✦ 저는 수박을 좋아해요. 그리고 귤도 좋아해요.
jeo neun su ba geul jjo a hae yo geu ri go gyul do jo
a hae yo
我喜歡西瓜，而且也喜歡橘子。

✦ 너도 같이 놀러 가자.
neo do ga chi nol leo ga ja
你也一起去玩吧。

●補充說明

「도」也可以使用在同一句子中列舉兩樣以上的事
物的情況。

✔例句

✦ 요즘 돈도 없고 시간도 없어요.
yo jeum don do eop kko si gan do eop sseo yo
最近沒錢又沒時間。

◆ 오늘 요리도 만들고 방 청소도 했어요.

o neul yo ri do man deul kko bang cheong so do hae
sseo yo

今天又了做料理又打掃了房間。

◆ 주말에 영화도 보고 쇼핑도 해요.

ju ma re yeong hwa do bo go syo ping do hae yo

周末又看電影又購物。

情境會話

Ⓐ 요즘 바빠요?

yo jeum ba ppa yo

Ⓑ 네, 요즘 학교도 가고 학원도 가요.

ne yo jeum hak kkyo do ga go ha gwon do ga yo

Ⓐ 오늘도 바빴어요?

o neul tto ba ppa sseo yo

Ⓑ 네, 친구들과 같이 숙제를 했어요.

ne chin gu deul kkwa ga chi suk jje reul hae sseo yo

中文翻譯

Ⓐ 你最近很忙嗎?

Ⓑ 對啊,最近又要去學校又要去補習班。

Ⓐ 今天也很忙嗎?

Ⓑ 是的,和朋友們一起做了作業。

必背單字

✎ 잘생기다
jal ssaeng gi da
長的好看／帥

✎ 청소
cheong so
打掃

✎ 요리
yo ri
料理／菜

✎ 학원
ha gwon
補習班

✎ 숙제
suk jje
作業

● 저는 천원만 있어요.
jeo neun cheo nwon man i sseo yo
我只有一千韓元。

「만」為助詞，有「限定」的用法，表示去除其他事物，只選擇某一事物。相當於中文的「只…／老是…」。「만」可以代替主格助詞이/가或受格助詞을/를，也可以與其一起使用。

句子拆解

저＋는＋천＋원＋만＋있다＋어요

1. 「저」表示「我」的意思，為謙詞的一種，向聽話者表示尊敬。

2. 「은/는」用來表示句子的主題或闡述的對象，若「은/는」接在名詞的後方，表示該名詞即是句子的主題。當名詞以母音結束，要加는，當名詞以子音結束，則加은。

3. 「천」為數詞，表示「千」。

4. 「원」表示韓國的貨幣單位，相當於中文的「元」。

5. 「만」加在名詞或助詞之後，表示限定的意思，相當於中文的「只…／老是…」。

6. 「있다」表示「擁有」的意思，相當於中文的「有」。反義詞的없다，則表示「沒有」的意思。

7. 「아/어요」接在動詞、形容詞或이다後方，當語幹的母音是ㅏ.ㅗ時，就接아요；如果語幹的母音不是ㅏ.ㅗ時，就接「어요」；如果是하다類的動詞，就接여요，兩者結合後會變成해요。

例句

✦ 손님이 모두 왔는데 준영 씨만 안 왔어요.
son ni mi mo du wan neun de ju nyeong ssi man an wa sseo yo
客人都來了，只有俊英沒來。

✦ 오늘 외투만 샀어요.
o neul oe tu man sa sseo yo
今天只買了外套。

✦ 하루종일 공부만 했어요.
ha ru jong il gong bu man hae sseo yo
一整天都在讀書。

✦ 손님, 오천원만 내세요.
son nim o cheo nwon man nae se yo
客人，請給我五千韓元就好。

補充說明

當「만」要和「에」、「에서」、「까지」、「한테」、「에게」、「ㅂ니다」…等的助詞一起使用時，만要接在其後方。

就是這一本
超實用韓語生活會話
Korean Conversation! This is the One!

Audio CD
Track 026

例句

✦ 그는 여자친구에게만 잘 해 줘요.
geu neun yeo ja chin gu e ge man jal hae jwo yo
他只對女朋友好。

✦ 나는 오후 5시까지만 일해요.
na neun o hu da seot ssi kka ji man il hae yo
我只工作到下午五點。

✦ 영미 씨는 도서관에서만 공부를 해요.
yeong mi ssi neun do seo gwa ne seo man gong bu reul hae yo
英美只在圖書館讀書。

情境會話

A 요리를 어떻게 해 드릴까요?
yo ri reul eo tteo ke hae deu ril kka yo

B 양파만 넣지 마세요.
yang pa man neo chi ma se yo

A 마늘은 괜찮으세요?
ma neu reun gwaen cha neu se yo

B 네. 괜찮아요.
ne gwaen cha na yo

中文翻譯

Ⓐ 您的菜要怎麼處理呢?

Ⓑ 只有洋蔥不要加。

Ⓐ 加蒜沒關係嗎？

Ⓑ 是的，沒關係。

必背單字

✎ 모두
mo du
全部

✎ 사다
sa da
買

✎ 내다
nae da
交、給

✎ 일하다
il ha da
工作

✎ 양파
yang pa
洋蔥

✎ 마늘
ma neul
大蒜

이 버스는 시청으로 가요?

i beo seu neun si cheong eu ro ga yo

這台公車會到市政府嗎？

學習重點

　　「(으)로」接在名詞後方，表示行進的方向，相當於中文的「往⋯方向」。當名詞以母音或ㄹ結束，要接「로」；當名詞以子音結束，則要接「으로」。

句子拆解

> 이＋버스＋는＋시청＋으로＋가다＋아요

1. 「이」為指示代名詞，表示離說話者較近的事物，相當於中文的「這」。「그」表示離聽話者較近的事物，相當於中文的「那」；「저」表示同時離說話者和聽話者都遠的事物。

2. 「버스」為名詞，表示「公車」。

3. 「은/는」用來表示句子的主題或闡述的對象，若「은/는」接在名詞的後方，表示該名詞即是句子的主題。當名詞以母音結束，要加는，當名詞以子音結束，則加은。

4. 「시청」為名詞，表示「市政府」。

5. 「(으)로」接在名詞後方，表示行進的方向。

6. 「가다」為動詞，表示「去」。

7. 「아/어요」接在動詞、形容詞或이다後方，當語幹的母音是「ㅏ‧ㅗ」時，就接아요；如果語幹的母音不是「ㅏ‧ㅗ」時，就接「어요」；如果是하다類的動詞，就接여요，兩者結合後會變成해요。

例句

+ 오른쪽으로 가세요.
  o reun jjo geu ro ga se yo
  請向右轉。

+ 어느 방향으로 가는 것이 좋을까요?
  eo neu bang hyang eu ro ga neun geo si jo eul kka yo
  往哪個方向走比較好呢？

+ 내 핸드폰 어디로 갔지?
  nae haen deu pon eo di ro gat jji
  我的手機跑去哪裡了？

+ 그 학생이 교실로 들어갔어요.
  geu hak ssaeng i gyo sil lo deu reo ga sseo yo
  那個學生進教室了。

補充說明

「(으)로」也可以表示工具、方法、手段或製作某東西的材料。

例句

+ 저는 매일 지하철로 회사에 가요.
  jeo neun mae il ji ha cheol lo hoe sa e ga yo
  我每天搭地鐵去上班。

◆ 밀가루로 국수를 만들어요.
mil ga ru ro guk ssu reul man deu reo yo
用麵粉做麵條。

◆ 이 소식은 신문으로 알았어요.
i so si geun sin mu neu ro a ra sseo yo
這消息我是看報紙知道的。

◆ 이 소포를 배로 보내세요.
i so po reul ppae ro bo nae se yo
這個包裹請用船運寄出。

情境會話

A 실례합니다. 여기서 명동에 어떻게 가요?
sil lye ham ni da yeo gi seo myeong dong e eo tteo
ke ga yo

B 지하철로 가는 것이 제일 빨라요.
ji ha cheol lo ga neun geo si je il ppal la yo

A 고맙습니다.
go map sseum ni da

B 천만에요.
cheon ma ne yo

中文翻譯

A 不好意思，怎麼從這裡到明洞？

B 搭地鐵去最快。

A 謝謝。

B 不客氣。

(必背單字)

✎ 방향
bang hyang
方向

✎ 보내다
bo nae da
寄送

✎ 신문
sin mun
報紙

✎ 제일
je il
第一／最

✎ 고맙다
go map tta
感謝

就是這一本
超實用韓語生活會話
Korean Conversation! This is the One!

Audio CD
Track 028

Lesson
21

● 나는 소고기를 안 먹어요.
na neun so go gi reul an meo geo yo
我不吃牛肉。

　　「안」為副詞，加在動詞或形容詞的前方，使用在否定動作或狀態的句型中，相當於中文的「不…」。當「안」加在動詞前方時，表示不管能力或外在因素為何，都不願去做某事。

句子拆解

나＋는＋소＋고기＋를＋안＋먹다＋어요

1. 「나」表示「我」的意思。

2. 「은/는」用來表示句子的主題或闡述的對象，若「은/는」接在名詞的後方，表示該名詞即是句子的主題。當名詞以母音結束，要加는，當名詞以子音結束，則加은。

3. 「소」為名詞，表示「牛」。

4. 「고기」為名詞，表示「肉」。

5. 「을/를」為受格助詞，接在名詞後方，表示該名詞為動作或作用的對象。

6. 「안」加在動詞或形容詞的前方，使用在否定動作或狀態的句型中，相當於中文的「不…」。

1 文法解析篇

7. 「먹다」為動詞,有「吃/喝」的意思。

8. 「아/어요」接在動詞、形容詞或이다後方,當語幹的母音是「ㅏ.ㅗ」時,就接아요;如果語幹的母音不是「ㅏ.ㅗ」時,就接「어요」;如果是하다類的動詞,就接여요,兩者結合後會變成해요。

例句

✦ 저는 요리를 안 해요.
jeo neun yo ri reul an hae yo
我不做菜。

✦ 오늘은 학교에 안 가요.
o neu reun hak kkyo e an ga yo
今天我不去學校。

✦ 그녀는 안 예뻐요.
geu nyeo neun an ye ppeo yo
她不漂亮。

✦ 이 귀걸이는 안 비싸요.
i gwi geo ri neun an bi ssa yo
這耳環不貴。

補充說明

否定形也可以使用「~지 않다」,加在動詞或形容詞語幹後方,其意義和「안」相同。

例句

✦ 이 빵은 맛있지 않아요.
i ppang eun ma sit jji a na yo
這麵包不好吃。

就是這一本
超實用韓語生活會話
Korean Conversation! This is the One!

Audio CD
Track 028

◆ 양이 적지 않아요.
yang i jeok jji a na yo
量不少。

◆ 집에서 학교까지 멀지 않아요.
ji be seo hak kkyo kka ji meol ji a na yo
家裡到學校不遠。

◆ 지금 공부하지 않아요.
ji geum gong bu ha ji a na yo
現在不讀書。

情境會話

A 같이 불고기를 먹으러 갈까요?
ga chi bul go gi reul meo geu reo gal kka yo

B 아니요, 저는 고기를 안 먹어요.
a ni yo jeo neun go gi reul an meo geo yo

A 그럼 술을 마시러 갑시다.
geu reom su reul ma si reo gap ssi da

B 아니요, 저는 술도 마시지 않아요.
a ni yo jeo neun sul do ma si ji a na yo

中文翻譯

Ⓐ 要不要一起去吃烤肉？

Ⓑ 不，我不吃肉。

Ⓐ 那一起去喝酒吧。

Ⓑ 不，我也不喝酒。

必背單字

✎ 예쁘다
ye ppeu da
漂亮

✎ 맛있다
ma sit tta
好吃

✎ 멀다
meol da
遠

✎ 술
sul
酒

✎ 마시다
ma si da
喝

就是這一本
超實用韓語生活會話
Korean Conversation! This Is the One!

Audio CD
Track 029

Lesson
22

● 저는 운전을 못 해요.
jeo neun un jeo neul mot hae yo
我不會開車。

「못」為副詞，加在動詞的前方，表示沒有能力或因外在因素而無法做某事，相當於中文的「不能…／無法…」。「못」通常不和形容詞一起使用。

句子拆解

저 ＋ 는 ＋ 운전 ＋ 을 ＋ 못 ＋ 하다 ＋ 여요

1. 「저」表示「我」的意思，為謙詞的一種，向聽話者表示尊敬。

2. 「은/는」用來表示句子的主題或闡述的對象，若「은/는」接在名詞的後方，表示該名詞即是句子的主題。當名詞以母音結束，要加는，當名詞以子音結束，則加은。

3. 「운전」為名詞，表示「駕駛／開車」。

4. 「을/를」為受格助詞，接在名詞後方，表示該名詞為動作或作用的對象。

5. 「못」為副詞，表示沒有能力或因外在因素而無法做某事，相當於中文的「不能…／無法…」。

6. 「하다」為動詞，有「做」的意思。

7. 「아/어요」接在動詞、形容詞或이다後方,當語幹的母音是「ㅏ.ㅗ」時,就接아요;如果語幹的母音不是「ㅏ.ㅗ」時,就接「어요」;如果是하다類的動詞,就接여요,兩者結合後會變成해요。

例句

◆ 그녀는 영어를 못 해요.
geu nyeo neun yeong eo reul mot hae yo
她不會英文。

◆ 언니는 수영을 못 해요.
eon ni neun su yeong eul mot hae yo
姊姊不會游泳。

◆ 시간이 없어서 밥을 못 먹었어요.
si ga ni eop sseo seo ba beul mot meo geo sseo yo
因為沒有時間,沒辦法吃飯。

◆ 돈이 없어서 쇼핑을 못 해요.
do ni eop sseo seo syo ping eul mot hae yo
因為沒有錢,沒辦法購物。

補充說明

也可以使用「～지 못하다」,加在動詞的語幹後方,其意義和「못」相同。

例句

◆ 오늘 파티에 가지 못해요.
o neul pa ti e ga ji mo tae yo
今天不能去參加派對。

就是這一本
超實用韓語生活會話
Korean Conversation! This is the One!

Audio CD
Track 029

◆ 한국어를 안 배웠어요. 그래서 한국어를 하지 못
해요.

han gu geo reul an bae wo sseo yo geu rae seo han
gu geo reul ha ji mo tae yo

沒學過韓文，所以不會說韓語。

◆ 친구가 집에 왔어요. 그래서 잠을 자지 못 했어요.

chin gu ga ji be wa sseo yo geu rae seo ja meul jja ji
mot hae sseo yo

朋友來家裡了，所以沒辦法睡覺。

◆ 여기에서는 담배를 피우지 못해요.

yeo gi e seo neun dam bae reul pi u ji mo tae yo

這裡沒辦法抽菸。

情境會話

A 왜 울고 있어요?

wae ul go i sseo yo

B 성적이 너무 나빠서 대학에 입학하지 못
했어요.

seong jeo gi neo mu na ppa seo dae ha ge i pa ka ji
mo tae sseo yo

中文翻譯

Ⓐ 你為什麼在哭呢？

Ⓑ 因為成績太差了，沒辦法進入大學。

必背單字

✎ 영어
yeong eo
英文

✎ 수영
su yeong
游泳

✎ 울다
ul da
哭

✎ 성적
seong jeok
成績

✎ 나쁘다
na ppeu da
差

✎ 대학
dae hak
大學

✎ 입학하다
i pa ka da
入學

就是這一本
超實用韓語生活會話
Korean Conversation! This is the One!

Audio CD
Track 030

Lesson
23

● 나는 천원밖에 없어요.

na neun cheo nwon ba kke eop sseo yo

我只有一千韓元。

「밖에」接在名詞或副詞的後方，表示除了特定事項或條件之外全部否定的意思，因此밖에的後方必須要接否定句，中文可以譯為「只有…／除了…之外」。

句子拆解

나＋는＋천＋원＋밖에＋없다＋어요

1. 「나」表示「我」的意思。

2. 「은/는」用來表示句子的主題或闡述的對象，若「은/는」接在名詞的後方，表示該名詞即是句子的主題。當名詞以母音結束，要加는，當名詞以子音結束，則加은。

3. 「천」為數詞，表示「千」。

4. 「원」表示韓國的貨幣單位，相當於中文的「元」。

5. 「밖에」接在名詞或副詞的後方，表示除了特定事項或條件之外全部否定的意思。

6. 「없다」表示「不在／沒有」的意思。

7. 「아/어요」接在動詞、形容詞或이다後方，當
語幹的母音是「ㅏ.ㅗ」時，就接아요；如果語
幹的母音不是「ㅏ.ㅗ」時，就接「어요」；如
果是하다類的動詞，就接여요，兩者結合後會變
成해요。

例句

◆ 가방 안에 지갑밖에 없어요.
ga bang a ne ji gap ppa kke eop sseo yo
包包裡只有錢包。

◆ 빵 한 개밖에 못 먹었어요.
ppang han gae ba kke mot meo geo sseo yo
只吃了一個麵包。

◆ 손님들이 10명밖에 안 왔어요.
son nim deu ri yeol myeong ba kke an wa sseo yo
客人只來了10位。

◆ 문자메시지는 한 통밖에 못 받았어요.
mun ja me si ji neun han tong ba kke mot ba da sseo
yo
只收到一封簡訊。

補充說明

「밖에」不可以使用在祈使句或勸誘句，如果非要
使用，就用意思相近的「만」替代。

例句

◆ 조금만 기다립시다.
jo geum man gi da rip ssi da
再等一下吧。

✦ 준민 씨만 오세요.
jun min ssi man o se yo
只有俊民來就好。

情境會話

Ⓐ 시간이 얼마나 남았어요?
si ga ni eol ma na na ma sseo yo

Ⓑ 한 시간밖에 안 남았어요. 빨리 갑시다.
han si gan ba kke an na ma sseo yo ppal li gap ssi da

中文翻譯

Ⓐ 還剩下多少時間?

Ⓑ 只剩下一個小時,我們快走吧。

必背單字

✎ 문자
mun ja
文字

✎ 메시지
me si ji
短信

✎ 받다
bat tta
收/得到

✎ 기다리다
gi da ri da
等待

✎ 얼마나
eol ma na
多少

✎ 남다
nam da
剩下

✎ 빨리
ppal li
趕快／快點

就是這一本
超實用韓語生活會話
Korean Conversation! This is the One!

Audio CD
Track 031

Lesson
24

● 친구를 만나고 싶어요.
chin gu reul man na go si peo yo
我想見朋友。

　　「～고 싶다」接在動詞語幹後方，表示談話者的希望、願望，相當於中文的「想要…」。고 싶다只能使用在主語是第一人稱（나、저）或第二人稱（당신、너）時，第三人稱（그、그녀）必須使用「～고 싶어하다」。

句子拆解

친구＋를＋만나다＋고 싶다＋어요

1. 「친구」為名詞，表示「朋友」。

2. 「을/를」為受格助詞，接在名詞後方，表示該名詞為動作或作用的對象。

3. 「만나다」為動詞，表示「見面／遇見」。

4. 「～고 싶다」接在動詞語幹後方，表示談話者的希望、願望，相當於中文的「想要…」。

5. 「아/어요」接在動詞、形容詞或이다後方，當語幹的母音是「ㅏ.ㅗ」時，就接아요；如果語幹的母音不是「ㅏ.ㅗ」時，就接「어요」；如果是하다類的動詞，就接여요，兩者結合後會變成해요。

例句

✦ 한국에 가고 싶어요.
han gu ge ga go si peo yo
我想去韓國。

✦ 삼계탕을 먹고 싶어요.
sam gye tang eul meok kko si peo yo
我想吃蔘雞湯。

✦ 한국어를 배우고 싶어요.
han gu geo reul ppae u go si peo yo
我想學韓語。

✦ 무엇을 사고 싶어요?
mu eo seul ssa go si peo yo
你想買什麼？

補充說明

「〜고 싶다」如果要使用在第三人稱上，則必須改用「〜고 싶어하다」。

例句

✦ 남동생이 컴퓨터를 사고 싶어해요.
nam dong saeng i keom pyu teo reul ssa go si peo
hae yo
弟弟想買電腦。

✦ 민지 씨가 노래방에 가고 싶어해요.
min ji ssi ga no rae bang e ga go si peo hae yo
旼志想去練歌房。

◆ 그녀는 케이크를 먹고 싶어해요.
geu nyeo neun ke i keu reul meok kko si peo hae yo
她想吃蛋糕。

◆ 그는 영화를 보고 싶어해요.
geu neun yeong hwa reul ppo go si peo hae yo
他想看電影。

情境會話

Ⓐ 여름방학 때 어디에 가고 싶어요?
yeo reum bang hak ttae eo di e ga go si peo yo

Ⓑ 나는 바닷가에 가고 싶어요. 미연 씨는요?
na neun ba dat kka e ga go si peo yo mi yeon ssi neu nyo

Ⓐ 난 가족과 같이 여행을 가고 싶어요.
nan ga jok kkwa ga chi yeo haeng eul kka go si peo yo

中文翻譯

Ⓐ 暑假的時候，你想去哪裡？

Ⓑ 我想去海邊，美妍你呢？

Ⓐ 我想和家人一起去旅行。

必背單字

✎ 배우다
bae u da
學習

✎ 컴퓨터
keom pyu teo
電腦

✎ 노래방
no rae bang
練歌房

✎ 바닷가
ba dat kka
海邊

✎ 여행
yeo haeng
旅行

Lesson
25

● 너무 바빠서 점심을 못 먹었어
　요.

neo mu ba ppa seo jeom si meul mot meo geo sseo
yo

太忙了，所以沒吃午餐。

學習重點

　　「아/어서」接在動詞、形容詞或이다後方，用來
表示前面的子句是後面子句的的原因或理由，相當於
中文的「因為…所以…」。如果語幹的母音是ㅏ.
ㅗ時，就接「아서」；如果語幹的母音不是ㅏ.
ㅗ時，就接어서；如果是하다類的動詞，就接여
서，兩者結合後會變成해서。如果接在이다後方，就
要使用이어서或이라서。在一般的對話中，使用이라
서。要特別注意的一點是時態았/었(過去)、겠(未來)
等，不可加在아/어서前方。

句子拆解

너무＋바쁘다＋아/어서＋점심＋을＋못
＋먹다＋었＋어요

1. 「너무」為副詞，表示「太/非常」。

2. 「바쁘다」為形容詞，表示「忙碌」。

3. 「아/어서」用來表示前面的子句是後面子句的

的原因或理由，相當於中文的「因爲…所以
…」。

4. 「점심」爲名詞，表示「中午／午飯」。

5. 「을/를」爲受格助詞，接在名詞後方，表示該
名詞爲動作或作用的對象。

6. 「못」爲副詞，表示沒有能力或因外在因素而無
法做某事，相當於中文的「不能…／無法…」。

7. 「먹다」爲動詞，表示「吃」。

8. 「았/었/였」加在動詞、形容詞或이다的語幹後
方。當語幹的母音是「ㅏ.ㅗ」時，就接았；如
果語幹的母音不是「ㅏ.ㅗ」時，就接었；如果
是하다類的動詞，就接였，兩者結合後會變成
했。

9. 「아/어요」爲非格式體尊敬形，若加在表示過
去式的「았/었/였」後方，一律使用어요。

例句

◆ 도와 줘서 감사합니다.
do wa jwo seo gam sa ham ni da
謝謝你的幫忙。

◆ 너무 피곤해서 자고 싶어요.
neo mu pi gon hae seo ja go si peo yo
太累了，想睡覺。

◆ 감기에 걸려서 약을 먹어요.
gam gi e geol lyeo seo ya geul meo geo yo
感冒了，所以吃藥。

◆ 공부를 안 해서 빵점을 받았어요.

gong bu reul an hae seo ppang jeo meul ppa da sseo yo.

因為沒讀書，所以拿零分。

補充說明

當連結語尾「아/어서」接在動詞語幹後方時，也可以表示動作在時間上的前後關係，也就是前面的子句動作發生之後，才會發生後面子句的動作，此句型的兩個動作有極為密切的關係。中文可以譯為「⋯然後⋯」。

例句

◆ 백화점에 가서 선물을 샀어요.

bae kwa jeo me ga seo seon mu reul ssa sseo yo

去百貨公司買了禮物。

◆ 커피를 타서 마셨어요.

keo pi reul ta seo ma syeo sseo yo

泡咖啡喝了。

◆ 친구를 만나서 쇼핑했어요.

chin gu reul man na seo syo ping hae sseo yo

跟朋友見面，然後購物了。

◆ 돈을 벌어서 여행을 갈 거예요.

do neul ppeo reo seo yeo haeng eul kkal kkeo ye yo

賺錢後，會去旅行。

情境會話

A 어디가 아파요?

eo di ga a pa yo

B 저녁을 많이 먹어서 배가 아파요.

jeo nyeo geul ma ni meo geo seo bae ga a pa yo

中文翻譯

Ⓐ 哪裡不舒服嗎？

Ⓑ 晚餐吃太多了，肚子痛。

必背單字

✎ 돕다
dop tta
幫助

✎ 피곤하다
pi gon ha da
疲累

✎ 자다
ja da
睡覺

✎ 감기
gam gi
感冒

✎ 약
yak
藥

119

就是這一本
超實用韓語生活會話
Korean Conversation! This Is the One!

Audio CD
Track 032

✎ 아프다
a peu da
痛／疼痛

✎ 많이
ma ni
多

✎ 배
bae
肚子

Lesson
26

● 어제 영화를 보고 밥을 먹었어
요.

eo je yeong hwa reul ppo go ba beul meo geo sseo
yo

昨天我看了電影,然後吃了飯。

學習重點

　　「고」接在動詞後方,用來列舉兩個或兩個以上
的動作,表示前面的子句動作,比後面的子句動作更
早發生。相當於中文的「…然後…」。「고」也可以
接在形容詞或이다的語幹後方,用來列舉兩個或兩個
以上狀態或事實,相當於中文的「…而且…」。

句子拆解

어제＋영화＋를＋보다＋고＋밥＋을＋먹
다＋었＋어요

1. 「어제」爲名詞,表示「昨天」。
2. 「영화」爲名詞,表示「電影」。
3. 「을/를」爲受格助詞,接在名詞後方,表示該
　名詞爲動作或作用的對象。
4. 「보다」爲動詞,表示「看」。
5. 「고」接在動詞後方,用來列舉兩個或兩個以上
　的動作,表示前面的子句動作,比後面的子句動
　作更早發生。相當於中文的「…然後…」。

6. 「밥」爲名詞，表示「飯」。

7. 「먹다」爲動詞，表示「吃」。

8. 「았/었/였」加在動詞、形容詞或이다的語幹後方。當語幹的母音是「ㅏ·ㅗ」時，就接았；如果語幹的母音不是「ㅏ·ㅗ」時，就接었；如果是하다類的動詞，就接였，兩者結合後會變成했。

9. 「아/어요」爲非格式體尊敬形，若加在表示過去式的「았/었/였」後方，一律使用어요。

例句

◆ 저는 한국 사람이고 그녀는 일본 사람이에요.

jeo neun han guk sa ra mi go geu nyeo neun il bon sa ra mi e yo

我是韓國人，她是日本人。

◆ 언니는 예쁘고 똑똑해요.

eon ni neun ye ppeu go ttok tto kae yo

姊姊漂亮又聰明。

◆ 오늘 청소를 하고 요리를 만들었어요.

o neul cheong so reul ha go yo ri reul man deu reo sseo yo

我今天打掃，然後煮飯。

◆ 아침에는 운동을 하고 오후에는 친구를 만날 거예요.

a chi me neun un dong eul ha go o hu e neun chin gu reul man nal kkeo ye yo

早上要運動，然後下午要和朋友見面。

補充說明

「고」和「아/어서」類似，但不同之處是「아/어서」其前後兩個動作有極為密切的關係，例如백화점에 가서 선물을 샀어요.去百貨公司買了禮物。（買禮物和去百貨公司有密切關係，如果沒去百貨公司，就不會買禮物）；「고」只是單純表示兩個毫無關係的動作在一前一後發生而已。

例句

✦ 친구를 만나서 쇼핑을 했어요.
  chin gu reul man na seo syo ping eul hae sseo yo
  和朋友見面，然後（一起去）購物了。

✦ 친구를 만나고 쇼핑을 했어요.
  chin gu reul man na go syo ping eul hae sseo yo
  和朋友見面，然後（自己）去購物。

情境會話

A 그는 어떤 사람이에요?
  geu neun eo tteon sa ra mi e yo

B 그는 착하고 친절해요.
  geu neun cha ka go chin jeol hae yo

中文翻譯

Ⓐ 他是怎麼樣的人？

Ⓑ 他善良又親切。

就是這一本
超實用韓語生活會話
Korean Conversation! This is the One!

Audio CD
Track 033

(必背單字)

🖎 일본
il bon
日本

🖎 똑똑하다
ttok tto ka da
聰明

🖎 운동
un dong
運動

🖎 어떤
eo tteon
什麼樣的

🖎 사람
sa ram
人

🖎 착하다
cha ka da
善良

🖎 친절하다
chin jeol ha da
親切

Lesson
27

● 저는 한국말을 할 수 없어요.

jeo neun han gung ma reul hal ssu eop sseo yo

我不會説韓語。

「~(으)ㄹ 수 있다/없다」接在動詞語幹後方，表示有無做某事的能力或可能性。當某人有能力或可以做某事時，就使用~(으)ㄹ 수 있다，相當於中文的「可以…／會…」。當某人沒有能力或無法做某事時，就使用~(으)ㄹ 수 없다，相當於中文的「沒辦法…／不會…」。當動詞語幹以母音或ㄹ結束時，就使用~ㄹ 수 있다/없다；當動詞語幹以子音結束時，就要使用~을 수 있다/없다。

句子拆解

> 저＋는＋한국말＋을＋하다＋ㄹ 수 없다
> ＋어요

1. 「저」表示「我」的意思，爲謙詞的一種，向聽話者表示尊敬。

2. 「은/는」用來表示句子的主題或闡述的對象，若「은/는」接在名詞的後方，表示該名詞即是句子的主題。當名詞以母音結束，要加는，當名詞以子音結束，則加은。

就是這一本
超實用韓語生活會話
Korean Conversation! This is the One!

Audio CD
Track 034

3. 「한국말」為名詞，表示「韓國話」。

4. 「을/를」為受格助詞，接在名詞後方，表示該名詞為動作或作用的對象。

5. 「하다」為動詞，有「做」的意思。

6. 「ㄹ 수 없다」表示某人沒有能力或無法做某事，相當於中文的「沒辦法⋯／不會⋯」。

7. 「아/어요」接在動詞、形容詞或이다後方，當語幹的母音是「ㅏ·ㅗ」時，就接아요；如果語幹的母音不是「ㅏ·ㅗ」時，就接「어요」；如果是하다類的動詞，就接여요，兩者結合後會變成해요。

例句

◆ 너무 바빠서 그를 만날 수 없어요.
neo mu ba ppa seo geu reul man nal ssu eop sseo yo
太忙了，沒辦法和他見面。

◆ 돈이 많이 있어야 집을 살 수 있어요.
do ni ma ni i sseo ya ji beul ssal ssu i sseo yo
要有很多錢，才可以買房子。

◆ 그녀는 수영을 할 수 없어요.
geu nyeo neun su yeong eul hal ssu eop sseo yo
她不會游泳。

◆ 책 내용을 이해할 수 없어요.
chaek nae yong eul i hae hal ssu eop sseo yo
看不懂書的內容。

•補充說明

如果在「～(으)ㄹ 수 있다/없다」句型中的수後方，加上助詞가，表示「強調」的意味。

例句

✦ 일이 너무 많아서 일찍 퇴근할 수가 없어요.
  i ri neo mu ma na seo il jjik toe geun hal ssu ga eop sseo yo
  工作太多，沒辦法早點下班。

✦ 감기에 걸려서 학교에 갈 수가 없어요.
  gam gi e geol lyeo seo hak kkyo e gal ssu ga eop sseo yo
  因為感冒，所以沒辦法去學校。

✦ 돈이 없어서 옷을 살 수가 없어요.
  do ni eop sseo seo o seul ssal ssu ga eop sseo yo
  沒有錢，所以沒辦法買衣服。

情境會話

A 왜 어제 안 왔어요?
  wae eo je an wa sseo yo

B 갑자기 중요한 일이 생겨서 갈 수 없었어요.
  gap jja gi jung yo han i ri saeng gyeo seo gal ssu eop sseo sseo yo

中文翻譯

(A) 昨天為什麼沒有來?

(B) 突然有重要的事情,所以沒辦法來。

必背單字

🖋 일찍
il jjik
早點/提前

🖋 집
jip
家

🖋 내용
nae yong
內容

🖋 이해하다
i hae ha da
理解

🖋 갑자기
gap jja gi
突然

🖋 중요하다
jung yo ha da
重要

Lesson
28

● 여기를 보세요.
yeo gi reul ppo se yo
請看這裡。

學習重點

「(으)세요」接在動詞後方,表示有禮貌地請求
對方做某事,可以用於祈使句表達命令。相當於中文
的「請你…」。當動詞語幹以母音結束時,就使用세
요;當動詞語幹以子音結束時,就要使用으세요。

句子拆解

여기＋를＋보다＋세요

1. 「여기」為代名詞,表示「這裡」。

2. 「을/를」為受格助詞,接在名詞後方,表示該
   名詞為動作或作用的對象。

3. 「보다」為動詞,表示「看」。

4. 「(으)세요」接在動詞後方,表示有禮貌地請求
   對方做某事,可以用於祈使句表達命令。相當於
   中文的「請你…」。

例句

✦ 많이 드세요.
ma ni deu se yo
您多吃一點。

就是這一本
超實用韓語生活會話
Korean Conversation! This is the One!

Audio CD
Track 035

✦ 연락처를 알려 주세요.
　yeol lak cheo reul al lyeo ju se yo
　請告訴我你的連絡方式。

✦ 큰 소리로 말씀하세요.
　keun so ri ro mal sseum ha se yo
　請大聲說。

✦ 여기서 기다리세요.
　yeo gi seo gi da ri se yo
　請在這裡等候。

補充說明

　　此種祈使句的命令用法，也可以使用「아/어요」來表現，但「(으)세요」更有尊敬對方的成分。另外，格式體尊敬形的祈使句用法是「～(으)십시오」。

例句

✦ 그 책을 가져 와요.
　geu chae geul kka jeo wa yo
　把那本書拿來。

✦ 그 책을 가져 오세요.
　geu chae geul kka jeo o se yo
　請把那本書拿來。

✦ 그 책을 가져 오십시오.
　geu chae geul kka jeo o sip ssi o
　請您把那本書拿來。

情境會話

A 미안해요. 전 한국어를 못 알아들어요. 영

어로 말하세요.

mi an hae yo jeon han gu geo reul mot a ra deu reo
yo yeong eo ro mal ha sse yo

B 알겠습니다.

al kket sseum ni da

中文翻譯

(A) 對不起，我聽不懂韓語，請你講英文。

(B) 我知道了。

必背單字

✎ 알리다
al li da
告知／告訴

✎ 소리
so ri
聲音

✎ 가지다
ga ji da
拿

✎ 영어
yeong eo
英語

✎ 알다
al tta
知道／明白

Lesson
29

● 교실에서 뛰지 마세요.
gyo si re seo ttwi ji ma se yo
請不要在教室跑跳。

學習重點

「지 마세요」是「(으)세요」的否定用法，由表否定的「지 말다」和「(으)세요」組合而成。接在動詞語幹後方，表示有禮貌地請求對方不要做某事，為命令句型。相當於中文的「請不要…」。

句子拆解

교실＋에서＋뛰다＋지 마세요

1. 「교실」為名詞，表示「教室」。

2. 「에서」為助詞，接在地點名詞的後方，表示某一行為或動作進行的場所。

3. 「뛰다」為動詞，表示「跑／蹦跳」。

4. 「지 마세요」接在動詞語幹後方，表示有禮貌地請求對方不要做某事，為命令句型。相當於中文的「請不要…」。

例句

✦ 제 방에서 자지 마세요.
je bang e seo ja ji ma se yo
請不要在我房間睡覺。

✦ 술을 많이 마시지 마세요.
su reul ma ni ma si ji ma se yo
請不要喝太多酒。

✦ 여기서 놀지 마세요.
yeo gi seo nol ji ma se yo
請不要在這裡玩。

✦ 담배를 피우지 마세요.
dam bae reul pi u ji ma se yo
請不要抽菸。

●補充說明

此命令句型的格式體尊敬形為「～지 마십시오」。

例句

✦ 울지 마십시오.
ul ji ma sip ssi o
請不要哭。

✦ 가지 마십시오.
ga ji ma sip ssi o
請不要走。

✦ 문을 열지 마십시오.
mu neul yeol ji ma sip ssi o
請不要開門。

✦ 다이어트하지 마십시오.
da i eo teu ha ji ma sip ssi o
請不要減肥。

就是這一本
超實用韓語生活會話
Korean Conversation? This is the One!

Audio CD
Track 036

情境會話

A 주말에 바닷가에 갈까요?
ju ma re ba dat kka e gal kka yo

B 바닷가에 가지 마세요. 너무 더워요.
ba dat kka e ga ji ma se yo neo mu deo wo yo

中文翻譯

A 周末要不要去海邊？

B 請不要去海邊，太熱了。

必背單字

담배
dam bae
香菸

피우다
pi u da
抽（菸）

울다
ul da
哭

문
mun
門

Lesson 30

1 文法解析篇

● 택시를 탑시다.

taek ssi reul tap ssi da

一起搭計程車吧。

　　「(으)ㅂ시다」接在動詞語幹後方，表示向對方提出建議或邀請他人一起做某事。相當於中文的「一起…吧。／我們…好嗎？」。當動詞語幹以母音結束時，就使用ㅂ시다；當動詞語幹以子音結束時，就要使用읍시다。這裡要注意的一點是此句型不可以對比自己年紀大或社會地位比自己高的人使用。

句子拆解

> 택시＋를＋타다＋ㅂ시다

1. 「택시」為名詞，表示「計乘車」。

2. 「을/를」為受格助詞，接在名詞後方，表示該名詞為動作或作用的對象。

3. 「타다」為動詞，表示「搭（車）」。

4. 「(으)ㅂ시다」接在動詞語幹後方，表示向對方提出建議或邀請他人一起做某事。相當於中文的「一起…吧。／我們…好嗎？」。

就是這一本
超實用韓語生活會話
Korean Conversation! This is the One!

Audio CD
Track 037

例句

◆ 지금 출발합시다.
ji geum chul bal hap ssi da
現在出發吧。

◆ 영화관에 갑시다.
yeong hwa gwa ne gap ssi da
我們去電影院吧。

◆ 같이 저녁 식사합시다.
ga chi jeo nyeok sik ssa hap ssi da
一起吃晚餐吧。

◆ 오후 3시에 만납시다.
o hu se si e man nap ssi da.
下午 3 點見吧。

●補充說明

　　如果想要建議不要做某事，可以使用「지 맙시다」
的句型。

例句

◆ 등산을 가지 맙시다.
deung sa neul kka ji map ssi da
我們不要去爬山好了。

◆ 너무 매운 음식을 먹지 맙시다.
neo mu mae un eum si geul meok jji map ssi da
我們不要吃太辣的食物吧。

◆ 우리 버스를 타지 맙시다.
u ri beo seu reul ta ji map ssi da
我們不要搭公車吧。

情境會話

A 주말에 어디에 놀러 갈까요?
ju ma re eo di e nol leo gal kka yo

B 벚꽃을 구경하러 갑시다.
beot kko cheul kku gyeong ha reo gap ssi da

A 좋아요.
jo a yo

 中文翻譯

A 我們周末去哪裡玩？

B 我們一起去賞櫻花吧。

A 好啊。

必背單字

✎ 영화관
yeong hwa gwan
電影院

✎ 맵다
maep tta
辣

✎ 음식
eum sik
食物

137

就是這一本
超實用韓語生活會話
Korean Conversation! This is the One!

Audio CD
Track 037

✎ 벚꽃
beot kkot
櫻花

✎ 구경하다
gu gyeong ha da
觀賞／欣賞

Lesson
31

● 밖이 추우니까 외투를 입으세요.
ba kki chu u ni kka oe tu reul i beu se yo
外面很冷，所以請穿外套。

「(으)니까」接在動詞、形容詞或이다後方，表示理由或原因，相當於中文的「因為…」。當語幹以母音或ㄹ結束時，就使用니까；當語幹以子音結束時，就要使用으니까。

句子拆解

> 밖＋이＋춥다＋(으)니까＋외투＋를＋입
> 다＋으세요

1. 「밖」為名詞，表示「外面」。

2. 「이/가」為主格助詞，加在名詞後方，該名詞則為句子的主詞。如果名詞以母音結束，就加가；如果名詞以子音結束，則加이。

3. 「춥다」為形容詞，表示「冷」。춥다為ㅂ的不規則變化詞彙之一，當ㅂ在母音開頭的語尾（아/어서、았/었、으면、으니까、아/어도等）的前方時，ㅂ會變成「우」。

4. 「(으)니까」接在動詞、形容詞或이다後方，表示理由或原因，相當於中文的「因為…」。

就是這一本
超實用韓語生活會話
Korean Conversation! This is the One!

Audio CD
Track 038

5. 「외투」為名詞，表示「外套／大衣」。

6. 「을/를」為受格助詞，接在名詞後方，表示該名詞為動作或作用的對象。

7. 「입다」為動詞，表示「穿（衣服）」。

8. 「(으)세요」接在動詞後方，表示有禮貌地請求對方做某事，可以用於祈使句表達命令。相當於中文的「請你…」。

例句

✦ 뜨거우니까 조심히 하세요.
tteu geo u ni kka jo sim hi ha se yo
很燙，請小心。

✦ 매운 음식을 싫어하니까 고추를 넣지 마세요.
mae un eum si geul ssi reo ha ni kka go chu reul neo chi ma se yo.
我討厭辣的食物，所以請不要放辣椒。

✦ 시간이 없으니까 빨리 갑시다.
si ga ni eop sseu ni kka ppal li gap ssi da
沒有時間了，我們快走吧。

✦ 비가 오니까 우산을 가져 가요.
bi ga o ni kka u sa neul kka jeo ga yo
下雨了，帶雨傘出門吧。

補充說明

「(으)니까」和「아/어서」一樣都表示原因或理由，但兩個的用法卻不盡相同。「아/어서」的前方不可以接時態았/었或겠，也不可以和祈使句或勸誘句一起使用。但「(으)니까」的前方可以接時態았/었或겠，也可以和祈使句或勸誘句一起使用。

例句

✦ 한국어를 배웠으니까 한국어를 할 수 있어요.
han gu geo reul ppae wo sseu ni kka han gu geo reul
hal ssu i sseo yo
因為我學過韓文，所以會講韓語。

✦ 너무 시끄러우니까 조용히 하세요.
neo mu si kkeu reo u ni kka jo yong hi ha se yo.
太吵了，請你安靜。

✦ 그 식당 요리가 맛있으니까 먹으러 갑시다.
geu sik ttang yo ri ga ma si sseu ni kka meo geu reo
gap ssi da.
那飯館的料理很好吃，我們去吃吧。

情境會話

A 뭘 타고 부산에 가요?
mwol ta go bu sa ne ga yo

B 너무 머니까 기차를 타고 가세요.
neo mu meo ni kka gi cha reul ta go ga se yo

中文翻譯

A 要搭什麼去釜山呢？

B 太遠了，你搭火車去吧。

就是這一本
超實用韓語生活會話
Korean Conversation! This is the One!

Audio CD
Track 038

必背單字

🖉 뜨겁다
tteu geop tta
燙

🖉 시끄럽다
si kkeu reop tta
吵鬧

🖉 식당
sik ttang
小吃店／飯館

🖉 맛있다
ma sit tta
好吃／美味

🖉 부산
bu san
釜山

🖉 기차
gi cha
火車

● 에어컨을 켜 주세요.

e eo keo neul kyeo ju se yo
請幫我把冷氣打開。

學習重點

「아/어 주세요」接在動詞後方,表示請求對方為自己做某事,相當於中文的「請幫我…」。當動詞語幹以「ㅏ·ㅗ」結束時,就使用아 주세요;其餘的則使用어 주세요;當接在하다類的動詞語幹後方時,就接여 주세요,兩者結合後會變成해 주세요。

句子拆解

에어컨＋을＋켜다＋어 주세요.

1. 「에어컨」為名詞,表示「冷氣」。

2. 「을/를」為受格助詞,接在名詞後方,表示該名詞為動作或作用的對象。

3. 「켜다」為動詞,表示「打開(燈/電器)」。

4. 「아/어 주세요」接在動詞後方,表示請求對方為自己做某事,相當於中文的「請幫我…」。

例句

✦ 사진 좀 찍어 주세요.
sa jin jom jji geo ju se yo
請幫我照相。

就是這一本
超實用韓語生活會話
Korean Conversation! This is the One!

Audio CD
Track 039

◆ 설탕 좀 넣어 주세요.
seol tang jom neo eo ju se yo
請幫我加糖。

◆ 좀 도와 주세요.
jom do wa ju se yo
請幫我的忙。

◆ 이 것을 포장해 주세요.
i geo seul po jang hae ju se yo
這個幫我包裝。

●補充說明

　　當要向對方請求協助時，也可以使用疑問句的「아/어 주시겠어요?」來表現，此種表達方式比「아/어 주세요」更有禮貌。

例句

◆ 커피 좀 주시겠어요?
keo pi jom ju si ge sseo yo
可以給我杯咖啡嗎？

◆ 좀 도와 주시겠어요?
jom do wa ju si ge sseo yo
可以幫個忙嗎？

◆ 그 것을 좀 가져 와 주시겠어요?
geu geo seul jjom ga jeo wa ju si ge sseo yo
可以幫我把那個拿來嗎？

情境會話

A 소개해 드릴까요?
so gae hae deu ril kka yo

B 네, 소개해 주세요.

ne so gae hae ju se yo

中文翻譯

(A) 要幫您做介紹嗎？

(B) 是的，請幫我介紹一下。

必背單字

✎ 사진
sa jin
照片

✎ 찍다
jjik tta
拍（照）

✎ 설탕
seol tang
糖

✎ 넣다
neo ta
投入／加入

✎ 포장하다
po jang ha da
包裝

✎ 소개하다
so gae ha da
介紹

Lesson
33

● 한국어를 공부하러 한국에 왔어요.

han gu geo reul kkong bu ha reo han gu ge wa sseo yo

我來韓國學韓語。

「(으)러」接在動詞後方，表示移動的目的，後面通常會跟移動的動詞（가다、오다、다니다、나가다、나오다、들어가다、들어오다等）一起使用。相當於中文的「去…做某事／來…做某事」。當動詞語幹以母音或ㄹ結束時，就使用러；當動詞語幹以子音結束時，就要使用으러。

句子拆解

한국어＋를＋공부하다＋러＋한국＋에＋오다＋았＋어요

1. 「한국어」為名詞，表示「韓國語」。

2. 「을/를」為受格助詞，接在名詞後方，表示該名詞為動作或作用的對象。

3. 「공부하다」為動詞，表示「讀書」。

4. 「(으)러」接在動詞後方，表示移動的目的，後面通常會跟移動的動詞（가다、오다、다니다、

나가다、나오다、들어가다、들어오다等）一起使用。

5.「한국」爲名詞，表示「韓國」。

6.「에」爲處格助詞，接在表示地點或位置的名詞後方，表示地點及位置。

7.「오다」爲動詞，表示「來」。

8.「았/었/였」加在動詞、形容詞或이다的語幹後方。當語幹的母音是「ㅏ、ㅗ」時，就接았；如果語幹的母音不是「ㅏ、ㅗ」時，就接었；如果是하다類的動詞，就接였，兩者結合後會變成했。

9.「아/어요」爲非格式體尊敬形，若加在表示過去式的「았/었/였」後方，一律使用어요。

例句

✦ 뭘 하러 왔어요?
　mwol ha reo wa sseo yo
　你來這做什麼？

✦ 그는 사업하러 일본에 갔어요.
　geu neun sa eo pa reo il bo ne ga sseo yo
　他去日本做生意。

✦ 공부하러 도서관에 갔어요.
　gong bu ha reo do seo gwa ne ga sseo yo
　我去圖書館讀書。

✦ 우리 집에 놀러 오세요.
　u ri ji be nol leo o se yo
　請來我們家玩。

+ 소포를 부치러 우체국에 갔어요.
so po reul ppu chi reo u che gu ge ga sseo yo
去郵局寄包裹。

+ 그녀는 영어를 배우러 학원에 다녀요.
geu nyeo neun yeong eo reul ppae u reo ha gwo ne
da nyeo yo
她去補習班學英語。

+ 선물을 사러 백화점에 갔어요.
seon mu reul ssa reo bae kwa jeo me ga sseo yo
去百貨公司買禮物。

情境會話

A 오늘 어디에 갔었어요?
o neul eo di e ga sseo sseo yo

B 친구를 만나러 동대문에 갔었어요.
chin gu reul man na reo dong dae mu ne ga sseo sseo
yo

中文翻譯

A 你今天去了哪裡？

B 我去東大門找朋友。

必背單字

✎ 일본
il bon
日本

✎ 사업하다
sa eo pa da
做生意／工作

✎ 소포
so po
包裹

✎ 부치다
bu chi da
寄／拖運

✎ 우체국
u che guk
郵局

✎ 동대문
dong dae mun
東大門

Lesson 34

● 대만이 한국보다 더 따뜻해요.
dae ma ni han guk ppo da deo tta tteu tae yo
台灣比韓國更溫暖。

「보다」接在名詞後方，表示比較的對象，相當於中文的「…比…更…」。後面經常和더（更、更加）或덜（不夠、不太）一起使用。

句子拆解

> 대만＋이＋한국＋보다＋더＋따뜻하다＋
> 여요

1. 「대만」爲名詞，表示「台灣」。

2. 「이/가」爲主格助詞，加在名詞後方，該名詞則爲句子的主詞。如果名詞以母音結束，就加가；如果名詞以子音結束，則加이。

3. 「한국」爲名詞，表示「韓國」。

4. 「보다」接在名詞後方，表示比較的對象，相當於中文的「…比…更…」。

5. 「더」爲副詞，表示「更/更加」。

6. 「따뜻하다」爲形容詞，表示「溫暖」。

7. 「아/어요」接在動詞、形容詞或이다後方，當

語幹的母音是「ㅏ.ㅗ」時，就接아요；如果語幹的母音不是「ㅏ.ㅗ」時，就接「어요」；如果是하다類的動詞，就接여요，兩者結合後會變成해요。

例句

✦ 오늘이 어제보다 더 바빠요.
o neu ri eo je bo da deo ba ppa yo
今天比昨天更忙。

✦ 이것은 그것보다 예뻐요.
i geo seun geu geot ppo da ye ppeo yo
這個比那個漂亮。

✦ 기차가 버스보다 더 빨라요.
gi cha ga beo seu bo da deo ppal la yo
火車比公車更快。

✦ 오늘은 어제보다 덜 추워요.
o neu reun eo je bo da deol chu wo yo
今天沒比昨天還冷。

✦ 저는 형보다 키가 커요.
jeo neun hyeong bo da ki ga keo yo
我比哥哥還高。

✦ 그녀는 나보다 나이가 많아요.
geu nyeo neun na bo da na i ga ma na yo
她比我的年紀還大。

就是這一本
超實用韓語生活會話
Korean Conversation! This is the One!

Audio CD
Track 041

情境會話

A 아버지를 좋아해요? 아니면 어머니를 좋아해요?

a beo ji reul jjo a hae yo a ni myeon eo meo ni reul jjo a hae yo

B 아버지보다 어머니를 더 좋아해요.

a beo ji bo da eo meo ni reul tteo jo a hae yo

中文翻譯

Ⓐ 你喜歡爸爸還是媽媽？

Ⓑ 比起爸爸我更喜歡媽媽。

必背單字

✎ 빠르다
ppa reu da
快

✎ 키
ki
個子／身高

✎ 춥다
chup tta
冷／寒冷

✎ 나이
na i
年紀／歲數

✎ 많다
man ta
多

✎ 좋아하다
jo a ha da
喜歡／喜愛

就是這一本
超實用韓語生活會話
Korean Conversation! This is the One!

Audio CD
Track 042

Lesson
35

● 어제 밤에 12시간이나 잤어요.

eo je ba me yeol du si ga ni na ja sseo yo

昨天晚上我睡了多達 12 個小時。

學習重點

「(이)나」接在量詞後方,表示數量很多或比一般正常情況要來的多,相當於中文的「多達…」。當名詞以母音結束時,就使用나;當名詞以子音結束時,就要使用이나。

句子拆解

> 어제 + 밤 + 에 + 12(열둘) + 시간 + 이나 +
> 자다 + 았 + 어요

1. 「어제」為名詞,表示「昨天」。

2. 「밤」為名詞,表示「晚上」。

3. 「에」可以表示在什麼時間做什麼事情,在時間名詞後面加上에即可。

4. 「열둘」為純韓文數字,表示「12」。接在量詞前方時,則要使用「열두」。

5. 「시간」為名詞,表示「小時」。

6. 「이나」接在量詞後方,表示數量很多或比一般正常情況要來的多,相當於中文的「多達…」。

7. 「자다」為動詞，表示「睡覺」。

8. 「았/었/였」加在動詞、形容詞或이다的語幹後方。當語幹的母音是「ㅏ.ㅗ」時，就接았；如果語幹的母音不是「ㅏ.ㅗ」時，就接었；如果是하다類的動詞，就接였，兩者結合後會變成했。

9. 「아/어요」為非格式體尊敬形，若加在表示過去式的「았/었/였」後方，一律使用어요。

例句

✦ 아침에 커피를 5잔이나 마셨어요.
   a chi me keo pi reul tta seot jja ni na ma syeo sseo yo
   早上我喝了五杯咖啡。

✦ 하루에 소설책을 5권이나 읽었어요.
   ha ru e so seol chae geul tta seot kkwo ni na il geo sseo yo
   一天看了多達五本的小説。

✦ 집에서 회사까지 3시간이나 걸려요.
   ji be seo hoe sa kka ji se si ga ni na geol lyeo yo
   從家裡到公司要花 3 個小時。

✦ 학생이 천명이나 왔어요.
   hak ssaeng i cheon myeong i na wa sseo yo
   來了多達一千名的學生。

✦ 그는 소주를 12병이나 마셨어요.
   geu neun so ju reul yeol du byeong i na ma syeo sseo yo
   他喝了 12 瓶的燒酒。

就是這一本
超實用韓語生活會話
Korean Conversation! This is the One!

Audio CD
Track 042

●補充說明

> 「(이)나」也可以表示列舉兩個或兩個以上的名詞。

例句

✦ 주말에 박물관이나 미술관에 가고 싶어요.
ju ma re bang mul gwa ni na mi sul gwa ne ga go si peo yo
周末想去博物館或美術館。

✦ 커피나 우롱차를 주세요.
keo pi na u rong cha reul jju se yo
請給我咖啡或烏龍茶。

✦ 밥이나 국수를 먹어요.
ba bi na guk ssu reul meo geo yo
我吃飯或麵。

✦ 빵이나 샌드위치를 사세요.
ppang i na saen deu wi chi reul ssa se yo
請買麵包或三明治。

情境會話

A 그 사람은 돈이 많아요?
geu sa ra meun do ni ma na yo

B 네, 그는 집 열 채가 있어요.
ne geu neun jip yeol chae ga i sseo yo

A 와, 부자네요.
wa bu ja ne yo

中文翻譯

Ⓐ 他很有錢嗎？

Ⓑ 是的，他有十棟房子。

Ⓐ 哇，有錢人耶！

必背單字

📎 소설
so seol
小說

📎 권
gwon
本（書的數量單位）

📎 소주
so ju
燒酒

📎 채
chae
棟（房子或建築的數量單位）

📎 부자
bu ja
有錢人

Lesson
36

● 유진 씨가 몇 시쯤 올까요?
yu jin ssi ga myeot si jjeum ol kka yo
由真大概幾點會來？

學習 重點

　　「쯤」加在表示時間或數量的名詞後方，表示大概的時間或數量。相當於中文的「大概…／大約…」。

句子拆解

유진＋씨＋가＋몇＋시＋쯤＋오다＋ㄹ까요

1. 「유진」為人名。

2. 「씨」一般加在人名後方，有尊敬的成分，表示「某某先生／某某小姐」。

3. 「이/가」為主格助詞，加在名詞後方，該名詞則為句子的主詞。如果名詞以母音結束，就加가；如果名詞以子音結束，則加이。

4. 「몇」可以用來詢問數量或時間，相當於中文的「幾、多少」。

5. 「시」為依存名詞，表示時間上的「～（幾）點」。

6. 「쯤」加在表示時間或數量的名詞後方，表示大概的時間或數量。相當於中文的「大概…／大約

　　…」。

7. 「오다」為動詞，表示「來」。

8. 「(으)ㄹ까요」接在動詞後方，表示提議或詢問
　　對方的意見。

例句

✦ 저는 9시쯤 올 거예요.
　 jeo neun a hop ssi jjeum ol geo ye yo
　 我大約 9 點左右會來。

✦ 집에 몇 시쯤 들어와요?
　 ji be myeot si jjeum deu reo wa yo
　 大約幾點回家？

✦ 내일 몇 시쯤 만날까요?
　 nae il myeot si jjeum man nal kka yo
　 明天幾點見面？

✦ 사과 몇 개쯤 살까요?
　 sa gwa myeot gae jjeum sal kka yo
　 要買幾個蘋果？

✦ 손님이 50명쯤 왔어요.
　 son ni mi o sim myeong jjeum wa sseo yo
　 大約來了 50 個客人。

✦ 한국에 오후 두 시쯤 도착했어요.
　 han gu ge o hu du si jjeum do cha kae sseo yo
　 大概是下午兩點左右抵達韓國的。

✦ 집세는 얼마쯤 되죠?
　 jip sse neun eol ma jjeum doe jyo
　 房租大概多少錢？

情境會話

A 오늘 몇 시에 여기에 왔어요?
o neul myeot si e yeo gi e wa sseo yo

B 오전 7시반쯤 왔어요.
o jeon il gop ssi ban jjeum wa sseo yo

中文翻譯

Ⓐ 今天你幾點來這裡的？

Ⓑ 大概是上午七點半來的。

必背單字

✎ 들어오다
deu reo o da
進來

✎ 사과
sa gwa
蘋果

✎ 도착하다
do cha ka da
抵達

✎ 집세
jip sse
房租

Lesson
37

● 우리 어디로 갈까요?
u ri eo di ro gal kka yo
我們要去哪裡？

　　「(으)ㄹ까요?」接在動詞後方，表示提議或詢問對方的意見。也常用於說話者向聽話者提議要不要一起去做某事，相當於中文的「要不要一起…？」。當動詞語幹以母音或ㄹ結束時，就接ㄹ까요?；當動詞語幹以子音結束時，就接을까요?。

句子拆解

우리＋어디＋로＋가다＋ㄹ까요

1. 「우리」為代名詞，表示「我們」。

2. 「어디」為代名詞，表示「哪裡」。

3. 「(으)로」接在名詞後方，表示行進的方向。

4. 「가다」為動詞，表示「去」。

5. 「(으)ㄹ까요?」接在動詞後方，表示提議或詢問對方的意見，相當於中文的「要不要一起…？」。

就是這一本
超實用韓語生活會話
Korean Conversation! This is the One!

Audio CD
Track 044

例句

◆ 같이 쇼핑을 갈까요?

ga chi syo ping eul kkal kka yo

要不要一起去購物？

◆ 술이나 한 잔 할까요?

su ri na han jan hal kka yo

要不要去杯一杯？

◆ 같이 요리를 만들까요?

ga chi yo ri reul man deul kka yo

要不要一起做菜？

◆ 무슨 연구를 할까요?

mu seun yeon gu reul hal kka yo

要做什麼研究好呢？

◆ 그 친구를 만날까요?

geu chin gu reul man nal kka yo

要不要見那位朋友？

◆ 뜨거운 커피를 드릴까요? 아이스 커피를 드릴까요?

tteu geo un keo pi reul tteu ril kka yo a i seu keo pi
reul tteu ril kka yo

你要熱咖啡還是冰咖啡。

◆ 에어컨을 켤까요?

e eo keo neul kyeol kka yo

要開冷氣嗎？

◆ 내일 몇 시에 만날까요?

nae il myeot si e man nal kka yo

明天幾點見面？

✦ 무슨 영화를 볼까요?

mu seun yeong hwa reul ppol kka yo

要看什麼電影？

情境會話

A 휴가 때 같이 한국 여행 갈까요?

hyu ga ttae ga chi han guk yeo haeng gal kka yo

B 좋아요. 같이 갑시다.

jo a yo ga chi gap ssi da

中文翻譯

Ⓐ 休假的時候，要不要一起去韓國旅行？

Ⓑ 好啊，一起去吧。

必背單字

✎ 연구
yeon gu
研究

✎ 에어컨
e eo keon
冷氣

✎ 켜다
kyeo da
開（電器／電燈）

就是這一本
超實用韓語生活會話
Korean Conversation! This is the One!

Audio CD
Track 044

✎ 뜨겁다
tteu geop tta
熱

✎ 아이스
a i seu
冰／冰塊

✎ 휴가
hyu ga
休假

✎ 때
ttae
時候

✎ 좋다
jo ta
好／可以

Lesson
38

● 내가 저녁을 살게요.
nae ga jeo nyeo geul ssal kke yo
晚餐我來買單。

　　「(으)ㄹ게요」接在動詞後方，表示說話者表明
自己的意思或意願，同時也向聽話者做出承諾。相當
於中文的「我來…／我會…」。此句型只能用於第一
人稱。當動詞語幹以母音或ㄹ結束時，就接ㄹ게요；
當動詞語幹以子音結束時，就接을게요。

句子拆解

> 내가(나+가) + 저녁 + 을 + 사다 + ㄹ게요

1. 「내가」是由表示第一人稱的「나（我）」和表
   示主格助詞的「가」所組合而成。（나+가→내
   가）

2. 「저녁」為名詞，表示「晚上／晚餐」。

3. 「을/를」為受格助詞，接在名詞後方，表示該
   名詞為動作或作用的對象。

4. 「사다」為動詞，表示「買」。

5. 「(으)ㄹ게요」接在動詞後方，表示說話者表明
   自己的意思或意願，同時也向聽話者做出承諾。
   相當於中文的「我來…／我會…」。

就是這一本
超實用韓語生活會話
Korean Conversation! This is the One!

Audio CD
Track 045

例句

◆ 일은 내가 할게요.
i reun nae ga hal kke yo
工作我來做

◆ 내가 돈을 빌려 줄게요.
nae ga do neul ppil lyeo jul ge yo
我借你錢。

◆ 인형을 사 줄게.
in hyeong eul ssa jul ge
我買娃娃給你。

◆ 제가 설명할 게요.
je ga seol myeong hal kke yo
我來說明。

補充說明

此一句型也可以表示說話人單純將自己的意圖或想法告知對方，或表示說話者將要做某一件事情。

例句

◆ 먼저 갈게요.
meon jeo gal kke yo
我先走了。

◆ 한 가지만 물을게요.
han ga ji man mu reul kke yo
就問你一個問題。

◆ 일 좀 끝내고 갈게요.
il jom kkeun nae go gal kke yo
工作做完我就去。

情境會話

A 내일 시험이 있으니까 늦게 자지 마세요.
nae il si heo mi i sseu ni kka neut kke ja ji ma se yo

B 알겠어요. 너무 늦게 자지 않을게요.
al kke sseo yo neo mu neut kke ja ji a neul kke yo

中文翻譯

A 明天有考試，不要晚睡。

B 知道了，我不會太晚睡。

必背單字

✎ 인형
in hyeong
娃娃

✎ 가지
ga ji
(一)樣/種

✎ 묻다
mut tta
詢問/問

✎ 끝나다
kkeun na da
結束/完結

就是這一本
超實用韓語生活會話
Korean Conversation! This is the One!

Audio CD
Track 045

✎ 시험
si heom
考試

✎ 늦다
neut tta
晚／遲

Lesson
39

● 수학은 어렵지만 재미있어요.
su ha geun eo ryeop jji man jae mi i sseo yo
數學雖然很難，但是很有趣。

　　「지만」可以接在動詞、形容詞或이다後方，表示前後兩個句子互相對立，相當於中文的「雖然…但是…」。「지만」前方可以接過去式，形成「았/었지만」的形態。

句子拆解

> 수학＋은＋어렵다＋지만＋재미있다＋어요

1. 「수학」為名詞，表示「數學」。

2. 「은/는」用來表示句子的主題或闡述的對象，若「은/는」接在名詞的後方，表示該名詞即是句子的主題。當名詞以母音結束，要加는，當名詞以子音結束，則加은。

3. 「어렵다」為形容詞，表示「難／困難」。

4. 「지만」可以接在動詞、形容詞或이다後方，表示前後兩個句子互相對立，相當於中文的「雖然…但是…」。

5. 「재미있다」為形容詞，表示「有趣」。

6.「어요」接在動詞、形容詞或이다後方，當語幹的母音是ㅏ、ㅗ時，就接아요；如果語幹的母音不是ㅏ、ㅗ時，就接「어요」；如果是하다類的動詞，就接여요，兩者結合後會變成해요。

例句

✦ 오늘 비가 오지만 시원해요.
o neul ppi ga o ji man si won hae yo
今天雖然下雨，但很涼爽。

✦ 그는 잘 생겼지만 성격이 나빠요.
geu neun jal ssaeng gyeot jji man seong gyeo gi na ppa yo
他長得很帥，但性格卻不好。

✦ 태연 씨는 한국 사람이지만 중국어를 잘 해요.
tae yeon ssi neun han guk sa ra mi ji man jung gu geo reul jjal hae yo
泰妍雖然是韓國人，但是中文很好。

✦ 그 여가수는 노래는 잘 부르지만 예쁘지 않아요.
geu yeo ga su neun no rae neun jal ppu reu ji man ye ppeu ji a na yo
那位女歌手雖然很會唱歌，但長得不漂亮。

✦ 이 치마는 마음에 들지만 가격이 너무 비싸요.
i chi ma neun ma eu me deul jji man ga gyeo gi neo mu bi ssa yo
雖然很喜歡這件裙子，但價格太貴了。

✦ 정말 가고 싶지만 시간이 없습니다.
jeong mal kka go sip jji man si ga ni eop sseum ni da
真的很想去，但沒有時間。

✦ 라면을 먹었지만 배가 또 고파요.
ra myeo neul meo geot jji man bae ga tto go pa yo
雖然吃了泡麵，但肚子又餓了。

●補充說明

「지만」也可以表示以某一事實做為前提，之後連接主題。

例句

✦ 실례지만 길 좀 물어도 될까요?
sil lye ji man gil jom mu reo do doel kka yo?
不好意思，可以問路嗎？

✦ 미안하지만 도와 줄 수가 없습니다.
mi an ha ji man do wa jul su ga eop sseum ni da
抱歉，我不能幫你。

情境會話

A 이 레스토랑 요리가 어때요?
i re seu to rang yo ri ga eo ttae yo

B 좀 비싸지만 아주 맛있어요.
jom bi ssa ji man a ju ma si sseo yo

中文翻譯

Ⓐ 這家餐廳的料理怎麼樣？

Ⓑ 雖然有點貴，但很好吃。

必背單字

✎ 성격
seong gyeok
性格

✎ 라면
ra myeon
泡麵

✎ 실례하다
sil lye ha da
失禮

✎ 길
gil
路

✎ 레스토랑
re seu to rang
餐廳

✎ 좀
jom
稍微／一點

✎ 아주
a ju
很／非常

Lesson
40

● 나는 시간이 있으면 공원에 가서 산책해요.

na neun si ga ni i sseu myeon gong wo ne ga seo san chae kae yo

如果我有時間，我會去公園散步。

「(으)면」接在動詞、形容詞或이다後方，表示條件或假設，相當於中文的「如果…的話…」。當語幹以母音或ㄹ結束時，就接면；當語幹以子音結束時，就接으면。

句子拆解

나＋는＋시간＋이＋있다＋으면＋공원＋에＋가다＋아서＋산책하다＋여요

1. 「나」表示「我」的意思。

2. 「은/는」用來表示句子的主題或闡述的對象，若「은/는」接在名詞的後方，表示該名詞即是句子的主題。當名詞以母音結束，要加는，當名詞以子音結束，則加은。

3. 「시간」爲名詞，表示「時間」。

4. 「이/가」指出或強調正處於某個狀況、狀態的對象。

5. 「있다」表示「有」。

6. 「(으)면」表示條件或假設，相當於中文的「如果…的話…」。

7. 「공원」為名詞，表示「公園」。

8. 「에」為處格助詞，接在表示地點或位置的名詞後方，表示地點及位置。

9. 「가다」為動詞，表示「去」。

10. 「아/어서」接在動詞語幹後方時，也可以表示動作在時間上的前後關係，也就是前面的子句動作發生之後，才會發生後面子句的動作。

11. 「산책하다」為動詞，表示「散步」。

12. 「아/어요」接在動詞、形容詞或이다後方，當語幹的母音是「ㅏ.ㅗ」時，就接아요；如果語幹的母音不是「ㅏ.ㅗ」時，就接「어요」；如果是하다類的動詞，就接여요，兩者結合後會變成해요。

✔例句

◆ 돈이 있으면 자동차를 살 거예요.
do ni i sseu myeon ja dong cha reul ssal kkeo ye yo
我有錢的話，我會買車。

◆ 서울에 도착하면 나한테 연락해 주세요.
seo u re do cha ka myeon na han te yeol la kae ju se yo
抵達首爾的時候，請聯絡我。

✦ 보통 심심하면 뭐하세요?

bo tong sim sim ha myeon mwo ha se yo

一般你無聊的話，會做什麼？

✦ 시험 성적이 나쁘면 대학에 들어 갈 수 없어요.

si heom seong jeo gi na ppeu myeon dae ha ge deu reo gal ssu eop sseo yo

如果考試成績不好，就沒辦法進大學。

✦ 두 개 사면 싸게 줄게요.

du gae sa myeon ssa ge jul ge yo

如果你買兩個，我就算你便宜一點。

補充說明

如果想表示自己的希望或願望，可以使用「았/었으면 좋겠다/하다」的句型。

例句

✦ 기회가 더 있었으면 좋겠어요.

gi hoe ga deo i sseo sseu myeon jo ke sseo yo

要是還有機會就好了。

✦ 내년에는 무사히 졸업했으면 해요.

nae nyeo ne neun mu sa hi jo reo pae sseu myeon hae yo.

希望明年可以順利畢業。

情境會話

A 주말에 같이 벚꽃을 구경하러 갈까요?

ju ma re ga chi beot kko cheul kku gyeong ha reo gal kka yo

就是這一本
超實用韓語生活會話
Korean Conversation! This is the One!

Audio CD
Track 047

B 비가 오지 않으면 갈 거예요.
bi ga o ji a neu myeon gal kkeo ye yo

中文翻譯

Ⓐ 周末要不要一起去賞櫻花？

Ⓑ 如果沒下雨，我就去。

必背單字

🖉 연락하다
yeol la ka da
聯絡

🖉 기회
gi hoe
機會

🖉 졸업
jo reop
畢業

🖉 벚꽃
beot kkot
櫻花

🖉 구경하다
gu gyeong ha da
欣賞／觀賞

🖉 비
bi
雨

Lesson
41

● 김치를 만들 줄 알아요.
gim chi reul man deul jjul a ra yo
我會做泡菜。

「(으)ㄹ 줄 알다」接在動詞後方，表示知道做某事的方法或有其能力，相當於中文的「會…／能夠…」。反之，如果不知道做某事的方法或沒有其能力，就使用(으)ㄹ 줄 모르다。當動詞語幹以母音或ㄹ結束時，就接ㄹ 줄 알다/모르다；當動詞語幹以子音結束時，就接을 줄 알다/모르다。

句子拆解

> 김치＋를＋만들다＋ㄹ 줄 알다＋아요

1. 「김치」爲名詞，表示「泡菜」。

2. 「을/를」爲受格助詞，接在名詞後方，表示該名詞爲動作或作用的對象。

3. 「만들다」爲動詞，表示「製作」。

4. 「(으)ㄹ 줄 알다」接在動詞後方，表示知道做某事的方法或有其能力，相當於中文的「會…／能夠…」。

5. 「아/어요」接在動詞、形容詞或이다後方，當語幹的母音是「ㅏ.ㅗ」時，就接아요；如果語

幹的母音不是「ㅏ‧ㅗ」時,就接「어요」;如果是하다類的動詞,就接여요,兩者結合後會變成해요。

例句

◆ 컴퓨터를 고칠 줄 아세요?
keom pyu teo reul kko chil jul a se yo
你會修電腦嗎?

◆ 영어를 할 줄 몰라요.
yeong eo reul hal jjul mol la yo
我不會說英文。

◆ 수영을 할 줄 알아요.
su yeong eul hal jjul a ra yo
我會游泳。

◆ 아직 한자를 쓸 줄 몰라요.
a jik han ja reul sseul jjul mol la yo.
還不會寫漢字。

補充說明

「(으)ㄹ 줄 알다/모르다」只單純表示是否知道或有無能力去做某一件事。而「(으)ㄹ 수 있다/없다」不只表示有無做某事的能力,也表示是否因外在因素而影響做某事的可能性。

例句

◆ 저는 운전을 할 줄 몰라요.
jeo neun un jeo neul hal jjul mol la yo
我不會開車。

✦ 저는 운전을 할 수 없어요.
jeo neun un jeo neul hal ssu eop sseo yo
我不會開車。
我不能開車。（因為喝了酒…）

情境會話

A 오토바이를 탈 줄 알아요?
o to ba i reul tal jjul a ra yo

B 아니요, 오토바이를 탈 줄 몰라요.
a ni yo o to ba i reul tal jjul mol la yo

中文翻譯

Ⓐ 你會騎機車嗎？

Ⓑ 不，我不會騎機車。

必背單字

✎ 컴퓨터
keom pyu teo
電腦

✎ 고치다
go chi da
維修／修改

✎ 한자
han ja
漢字

就是這一本
超實用韓語生活會話
Korean Conversation! This is the One!

Audio CD
Track 048

쓰다
sseu da
寫

오토바이
o to ba i
機車

Lesson
42

● 돈이 필요해서 일을 해야 돼요.
do ni pi ryo hae seo i reul hae ya dwae yo
需要錢，所以必須工作。

學習
重點

「아/어야 되다」接在動詞、形容詞或이다後方，表示必須要做的事或某種必然的情況，相當於中文的「必須…／應該要…」。當語幹的母音是「ㅏ．ㅗ」時，就接아야 되다；如果語幹的母音不是「ㅏ．ㅗ」時，就接어야 되다；如果是하다類的動詞，就接여야 되다，兩者結合後會變成해야 되다。另外，也可以使用「아/어야 하다」的句型，兩者意義相同。

句子拆解

돈＋이＋필요하다＋여서＋일＋을＋하다
＋여야 되다＋어요

1. 「돈」為名詞，表示「錢」。

2. 「이/가」指出或強調正處於某個狀況、狀態的對象。

3. 「필요하다」為形容詞，表示「需要」。

4. 「아/어서」接在動詞、形容詞或이다後方，用來表示前面的子句是後面子句的的原因或理由，相當於中文的「因為…所以…」。

5. 「일」爲名詞，表示「工作」。

6. 「을/를」爲受格助詞，接在名詞後方，表示該名詞爲動作或作用的對象。

7. 「하다」爲動詞，表示「做」。

8. 「여야 되다」接在動詞、形容詞或이다後方，表示必須要做的事或某種必然的情況，相當於中文的「必須…／應該要…」。

9. 「아/어요」接在動詞、形容詞或이다後方，當語幹的母音是「ㅏ.ㅗ」時，就接아요；如果語幹的母音不是「ㅏ.ㅗ」時，就接「어요」；如果是하다類的動詞，就接여요，兩者結合後會變成해요。

例句

◆ 참가하려면 신청서를 써야 돼요.
cham ga ha ryeo myeon sin cheong seo reul sseo ya dwae yo
如果想參加，必須要填寫申請書。

◆ 지진이 나면 어떻게 해야 돼요?
ji ji ni na myeon eo tteo ke hae ya dwae yo
如果發生地震，應該怎麼辦？

◆ 너무 뚱뚱해요. 다이어트를 해야 해요.
neo mu ttung ttung hae yo da i eo teu reul hae ya hae yo
太胖了，必須要減肥。

◆ 이제 우린 어떻게 해야 돼요?
i je u rin eo tteo ke hae ya dwae yo
現在我們該怎麼做？

✦ 내일까지 숙제를 내야 돼요.
nae il kka ji suk jje reul nae ya dwae yo
明天之前要繳交作業。

✦ 감기에 걸려서 약을 먹어야 돼요.
gam gi e geol lyeo seo ya geul meo geo ya dwae yo
因為感冒,必須要吃藥。

✦ 밥을 먹기 전에 손을 씻어야 해요.
ba beul meok kki jeo ne so neul ssi seo ya hae yo
吃飯之前,要先洗手。

✦ 급한 일이 있어서 일찍 집에 가야 해요.
geu pan i ri i sseo seo il jjik ji be ga ya hae yo
因為有急事,所以必須早點回家。

✦ 할 일이 너무 많아서 잔업을 해야 해요.
hal i ri neo mu ma na seo ja neo beul hae ya hae yo
要處理的事情太多了,必須要加班。

✦ 해외 여행을 하고 싶으면 호텔을 먼저 예약해야
돼요.
hae oe yeo haeng eul ha go si peu myeon ho te reul
meon jeo ye ya kae ya dwae yo
如果想要去國外旅行,就必須要先預約飯店。

情境會話

A 퇴근 후에 시간이 있어요? 같이 저녁 먹
어요.
toe geun hu e si ga ni i sseo yo ga chi jeo nyeok meo
geo yo

B 미안해요. 선약이 있어서 먼저 가야 돼요.
mi an hae yo seo nya gi i sseo seo meon jeo ga ya
dwae yo

中文翻譯

Ⓐ 下班後你有時間嗎？一起吃晚餐吧。

Ⓑ 很抱歉，我有約了，必須要先離開。

必背單字

✎ 지진
ji jin
地震

✎ 뚱뚱하다
ttung ttung ha da
胖胖的

✎ 해외
hae oe
國外

✎ 호텔
ho tel
飯店

✎ 예약하다
ye ya ka da
預約

✎ 퇴근
toe geun
下班

✎ 후
hu
之後

✎ 먼저
meon jeo
先

Lesson
43

● 사전 좀 빌려도 돼요?
sa jeon jom bil lyeo do dwae yo
可以借我字典嗎？

學習重點

「아/어도 되다」接在動詞、形容詞或이다後方，表示允許或許可，相當於中文的「可以…」。當語幹的母音是「ㅏ·ㅗ」時，就接아도 되다；如果語幹的母音不是「ㅏ·ㅗ」時，就接어도 되다；如果是하다類的動詞，就接여도 되다，兩者結合後會變成해도되다。

句子拆解

사전＋좀＋빌리다＋어도 되다＋어요

1. 「사전」為名詞，表示「辭典」。

2. 「좀」為副詞，在這裡表示「委婉請託」的意思。

3. 「빌리다」為動詞，表示「借給…」。

4. 「아/어도 되다」接在動詞、形容詞或이다後方，表示允許或許可，相當於中文的「可以…」。

5. 「아/어요」接在動詞、形容詞或이다後方，當語幹的母音是「ㅏ·ㅗ」時，就接아요；如果語

幹的母音不是「ㅏ.ㅗ」時，就接「어요」；如
果是하다類的動詞，就接여요，兩者結合後會變
成해요。

例句

✦ 여기서 수영해도 돼요?
　yeo gi seo su yeong hae do dwae yo
　這裡可以游泳嗎？

✦ 또 전화해도 되겠습니까?
　tto jeon hwa hae do doe get sseum ni kka
　我可以再打電話給你嗎？

✦ 들어가도 돼요?
　deu reo ga do dwae yo
　可以進去嗎？

✦ 다 가져가도 돼요.
　da ga jeo ga do dwae yo
　你可以全部拿走。

✦ 이거 사용해도 됩니까?
　i geo sa yong hae do doem ni kka
　可以使用這個嗎？

✦ 제 생각을 말해도 될까요?
　je saeng ga geul mal hae tto doel kka yo
　我可以提出我的想法嗎？

✦ 걱정하지 않아도 됩니다.
　geok jjeong ha ji a na do doem ni da
　你可以不必擔心。

就是這一本
超實用韓語生活會話
Korean Conversations! This is the One!

Audio CD
Track 050

●補充說明

表示許可的「아/어도 되다」也可以用아/어도 괜찮다或아/어도 좋다來取代。

例句

◆ 담배 좀 피워도 괜찮습니까?
dam bae jom pi wo do gwaen chan sseum ni kka
可以抽菸嗎?

◆ 지금 퇴근해도 좋습니다.
ji geum toe geun hae do jo sseum ni da
你現在可以下班。

◆ 여기 앉아도 괜찮을까요?
yeo gi an ja do gwaen cha neul kka yo
可以坐在這裡嗎?

◆ 한 마디 이야기해도 괜찮겠습니까?
han ma di i ya gi hae do gwaen chan ket sseum ni kka
我可以講一句話嗎?

情境會話

A 신용카드로 지불해도 됩니까?
si nyong ka deu ro ji bul hae do doem ni kka

B 물론입니다.
mul lo nim ni da

中文翻譯

Ⓐ 可以用信用卡付款嗎？

Ⓑ 當然可以。

必背單字

✎ 생각
saeng gak
想法

✎ 걱정하다
geok jjeong ha da
擔心

✎ 이야기하다
i ya gi ha da
談話／説

✎ 신용카드
si nyong ka deu
信用卡

✎ 지불하다
ji bul ha da
支付／付款

Lesson
44

● 손님이 오기 전에 집 청소를 해야 해요.

son ni mi o gi jeo ne jip cheong so reul hae ya hae yo

在客人來之前，要先打掃家裡。

　　「～기 전에」接在動詞後方，表示做某個動作或行為之前，相當於中文的「在…之前」。如果要表示某個時間點之前，可以在時間名詞後方，加上「전에」。

句子拆解

손님＋이＋오다＋기 전에＋집＋청소＋를＋하다＋여야 하다＋여요

1. 「손님」爲名詞，表示「客人」。

2. 「이/가」爲主格助詞，加在名詞後方，該名詞則爲句子的主詞。如果名詞以母音結束，就加가；如果名詞以子音結束，則加이。

3. 「오다」爲動詞，表示「來」。

4. 「～기 전에」接在動詞後方，表示做某個動作或行爲之前，相當於中文的「在…之前」。

5. 「집」爲名詞，表示「家裡」。

6. 「청소」為名詞，表示「打掃」。

7. 「을/를」為受格助詞，接在名詞後方，表示該名詞為動作或作用的對象。

8. 「하다」為動詞，表示「做」。

9. 「아/어야하다」接在動詞、形容詞或이다後方，表示必須要做的事或某種必然的情況，相當於中文的「必須…／應該要…」。

10. 「아/어요」接在動詞、形容詞或이다後方，當語幹的母音是「ㅏ·ㅗ」時，就接아요；如果語幹的母音不是「ㅏ·ㅗ」時，就接「어요」；如果是하다類的動詞，就接여요，兩者結合後會變成해요。

例句

✦ 일년 전에 그 회사에서 일하고 있었어요.
il lyeon jeo ne geu hoe sa e seo il ha go i sseo sseo yo
一年前我在那家公司工作。

✦ 출발하기 전에 준비를 잘 하세요.
chul bal ha kki jeo ne jun bi reul jjal ha se yo
出發之前，請先準備好。

✦ 자기 전에 약을 먹어요.
ja gi jeo ne ya geul meo geo yo
睡覺之前，要吃藥。

✦ 나가기 전에 아침을 먹어야 돼요.
na ga gi jeo ne a chi meul meo geo ya dwae yo
出門前，要先吃早餐。

◆ 이년 전에 전 아직 학생이었어요.
i nyeon jeo ne jeon a jik hak ssaeng i eo sseo yo
兩年前我還是學生。

情境會話

A 여기에 오기 전에 저한테 전화하세요.
yeo gi e o gi jeo ne jeo han te jeon hwa ha se yo

B 알겠어요.
al kke sseo yo

中文翻譯

Ⓐ 來這裡之前，先打電話給我。

Ⓑ 知道了。

必背單字

✎ 회사
hoe sa
公司

✎ 출발하다
chul bal ha tta
出發

✎ 준비
jun bi
準備

✎ 아직
a jik
還、尚

✎ 나가다
na ga da
出去

就是這一本
超實用韓語生活會話
Korean Conversation! This is the One!

Audio CD
Track **052**

Lesson 45

● 졸업한 후에 취직을 할 거예요.
jo reo pan hu e chwi ji geul hal kkeo ye yo
畢業後，我要就業。

學習重點

「(으)ㄴ 후에」接在動詞後方，表示做某個動作或行為之後，相當於中文的「在…之後」。如果要表示某個時間點之後，可以在時間名詞後方，加上「후에」。當動詞語幹以母音結束，就接ㄴ 후에；當動詞語幹以子音結束，就接은 후에；當動詞語幹以ㄹ結束，就要先刪掉ㄹ，然後接ㄴ 후에。

句子拆解

졸업하다＋ㄴ 후에＋취직＋을＋하다＋ㄹ 거예요

1. 「졸업하다」為動詞，表示「畢業」。

2. 「(으)ㄴ 후에」接在動詞後方，表示做某個動作或行為之後，相當於中文的「在…之後」。

3. 「취직」為名詞，表示「就職／就業」。

4. 「을/를」為受格助詞，接在名詞後方，表示該名詞為動作或作用的對象。

5. 「하다」為動詞，表示「做」。

6. 「(으)ㄹ 거예요」接在動詞後方，表示未來的計畫或個人意志。當動詞語幹以母音結束或ㄹ結束，就接 ㄹ 거예요，若動詞語幹以子音結束，則接 을 거예요。

例句

◆ 한시간 후에 여기서 만납시다.
   han si gan hu e yeo gi seo man nap ssi da
   一個小時後在這裡見吧！

◆ 일을 다 끝낸 후에 얘기 좀 합시다.
   i reul tta kkeun naen hu e yae gi jom hap ssi da
   事情都結束後我們聊聊吧！

◆ 샤워한 후에 옷을 입어요.
   sya wo han hu e o seul i beo yo
   洗澡後，穿衣服。

◆ 일주일 후에 미국 출장을 갈 거예요.
   il ju il hu e mi guk chul jang eul kkal kkeo ye yo
   一星期後我要去出差。

◆ 친구를 만난 후에 집에 돌아가요.
   chin gu reul man nan hu e ji be do ra ga yo
   見完朋友後回家。

情境會話

A 언제 한국에 돌아갈 거예요?
   eon je han gu ge do ra gal kkeo ye yo

B 반년 후에 돌아갈 거예요.
   ban nyeon hu e do ra gal kkeo ye yo

就是這一本
超實用韓語生活會話
Korean Conversation! This is the One!

Audio CD
Track 052

中文翻譯

A 你什麼時候要回韓國？

B 半年後會回去。

必背單字

❧ 끝내다
kkeun nae da
結束

❧ 샤워하다
sya wo ha da
洗澡／沖澡

❧ 출장
chul jang
出差

❧ 반년
ban nyeon
半年

❧ 돌아가다
do ra ga da
回去

Lesson
46

● 걸으면서 물을 마셔요.
geo reu myeon seo mu reul ma syeo yo.
一邊走一邊喝水。

學習 重點

「(으)면서」接在動詞後方，表示句子前後兩個動詞同時發生，相當於中文的「一邊…一邊」。當動詞語幹以母音或ㄹ結束時，就接면서；當動詞語幹以子音結束時，就用으면서。另外，要特別注意的一點是此句型前後兩個子句的主詞，必須是同一人。

句子拆解

걷다＋으면서＋물＋을＋마시다＋어요

1. 「걷다」為動詞，表示「走路」。걷다為ㄷ的不規則變化詞彙之一，當ㄷ在母音開頭的語尾（아/어서、았/었、으면、으면서、으니까、아/어도等）的前方時，ㄷ會變成「ㄹ」。

2. 「(으)면서」接在動詞後方，表示句子前後兩個動作同時發生，相當於中文的「一邊…一邊」。

3. 「물」為名詞，表示「水」。

4. 「을/를」為受格助詞，接在名詞後方，表示該名詞為動作或作用的對象。

5. 「마시다」為動詞，表示「喝」。

就是這一本
超實用韓語生活會話
Korean Conversation! This is the One!

Audio CD
Track **053**

6.「아/어요」接在動詞、形容詞或이다後方，當
語幹的母音是「ㅏ.ㅗ」時，就接아요；如果語
幹的母音不是「ㅏ.ㅗ」時，就接「어요」；如
果是하다類的動詞，就接여요，兩者結合後會變
成해요。

例句

✦ 공부하면서 음악을 들어요.
gong bu ha myeon seo eu ma geul tteu reo yo
邊讀書邊聽音樂。

✦ 커피를 마시면서 친구와 이야기해요.
keo pi reul ma si myeon seo chin gu wa i ya gi hae
yo
邊喝咖啡，邊和朋友聊天。

✦ TV를 보면서 저녁 식사를 해요.
tv reul ppo myeon seo jeo nyeok sik ssa reul hae yo
邊看電視邊吃晚餐。

✦ 그녀는 노래를 부르면서 춤을 취요.
geu nyeo neun no rae reul ppu reu myeon seo chu
meul chwo yo
她邊唱歌邊跳舞。

✦ 일을 하면서 점심을 먹어요.
i reul ha myeon seo jeom si meul meo geo yo
一邊工作邊吃午餐。

●補充說明

此句型只能使用在現在式，不可使用在過去式或未
來式的句子上。

情境會話

A 지금 뭐 해요?

ji geum mwo hae yo

B 영어 숙제를 하면서 사전을 찾아요.

yeong eo suk jje reul ha myeon seo sa jeo neul cha ja yo

中文翻譯

Ⓐ 你現在在做什麼？

Ⓑ 一邊寫英文作業，一邊查字典。

必背單字

✎ 음악
eu mak
音樂

✎ 듣다
deut tta
聽

✎ 춤
chum
舞蹈

✎ 추다
chu da
跳（舞）

199

就是這一本
超實用韓語生活會話
Korean Conversation! This is the One!

Audio CD
Track 053

✎ 숙제
suk jje
作業

✎ 사전
sa jeon
字典

Lesson
47

● 밖으로 나가자마자 비가 내리기
시작했어요.

ba kkeu ro na ga ja ma ja bi ga nae ri gi si ja kae sseo
yo

一到外面，就開始下雨。

學習 重點

「자마자」接在動詞語幹後方，表示前面的動作
一結束，馬上出現後面的動作，相當於中文的「一…
就…」。자마자前後兩個子句的主語不一定要相同。

句子拆解

밖＋으로＋나가다＋자마자＋비＋가＋내
리다＋기 시작하다＋였＋어요

1. 「밖」爲名詞，表示「外面／外邊」。

2. 「(으)로」接在名詞後方，表示行進的方向。

3. 「나가다」爲動詞，表示「出去」。

4. 「자마자」接在動詞後方，表示前面的動作一結
   束，馬上出現後面的動作，相當於中文的「一…
   就…」。

5. 「비」爲名詞，表示「雨」。

6. 「이/가」爲主格助詞，加在名詞後方，該名詞

則爲句子的主詞。如果名詞以母音結束，就加
가；如果名詞以子音結束，則加이。

7. 「내리다」爲動詞，表示「下（雨）/降下」。

8. 「기 시작하다」接在動詞語幹後方，表示「開始」了某一行爲。

9. 「았/었/였」加在動詞、形容詞或이다的語幹後方。當語幹的母音是「ㅏ‧ㅗ」時，就接았；如果語幹的母音不是「ㅏ‧ㅗ」時，就接었；如果是하다類的動詞，就接였，兩者結合後會變成했。

10. 「아/어요」爲非格式體尊敬形，若加在表示過去式的「았/었/였」後方，一律使用어요。

 例句

✦ 매일 학교에 오자마자 커피를 마셔요.
mae il hak kkyo e o ja ma ja keo pi reul ma syeo yo
每天一來學校，就喝咖啡。

✦ 그 학생은 수업이 끝나자마자 학원에 갔어요.
geu hak ssaeng eun su eo bi kkeun na ja ma ja ha gwo ne ga sseo yo
那個學生一下課就去補習班了。

✦ 일본에 도착하자마자 전화할게요.
il bo ne do cha ka ja ma ja jeon hwa hal kke yo
我一到日本就會打電話給你。

✦ 너무 피곤해서 침대에 눕자마자 잠들었어요.
neo mu pi gon hae seo chim dae e nup jja ma ja jam deu reo sseo yo
太累了，一躺在床上就睡著了。

✦ 남동생은 일어나자마자 회사에 갔어요.
nam dong saeng eun i reo na ja ma ja hoe sa e ga
sseo yo
弟弟一起床就去公司了。

情境會話

A 우린 언제 출발할 거예요?
u rin eon je chul bal hal kkeo ye yo

B 민정이가 오자마자 바로 출발할 거예요.
min jeong i ga o ja ma ja ba ro chul bal hal kkeo ye
yo

中文翻譯

Ⓐ 我們何時出發？

Ⓑ 敏貞一來我們馬上出發。

必背單字

✎ 매일
mae il
每天

✎ 수업
su eop
上

✎ 끝나다
kkeun na da
結束

✎ 너무
neo mu
太、過分

✎ 침대
chim dae
床

✎ 눕다
nup tta
躺

✎ 잠들다
jam deul tta
睡著

✎ 일어나다
i reo na da
起床

Lesson 48

● 피아노를 배운지 3년이 되었어
요.
pi a no reul ppae un ji sam nyeo ni doe eo sseo
yo
學鋼琴已經有三年了。

學習 重點

「(으)ㄴ 지」接在動詞語幹後方,表示時間的經
過,相當於中文的「到現在已經…了」。當動詞語幹
以母音或ㄹ結束時,就接ㄴ 지;當動詞語幹以子音
結束時,就接은 지。「(으)ㄴ 지」後面通常會跟著
되다或넘다等的動詞。

句子拆解

피아노+를+배우다+ㄴ지+ 3(삼)+년
+이+되다+었+어요

1. 「피아노」為名詞,表示「鋼琴」。

2. 「을/를」為受格助詞,接在名詞後方,表示該
   名詞為動作或作用的對象。

3. 「배우다」為動詞,表示「學習」。

4. 「(으)ㄴ 지」接在動詞語幹後方,表示時間的
   經過,相當於中文的「到現在已經…了」。

5. 「3(삼)」為數詞,表示「三」。

6. 「년」爲名詞，表示時間上的「年」。

7. 「이/가」如果接在되다前方，表示「變化的對象」。

8. 「되다」爲動詞，有「到／成爲／變成」等意思。在這裡通常和表時間的經過的ㄴ지一起出現。

9. 「았/었/였」加在動詞、形容詞或이다的語幹後方。當語幹的母音是「ㅏ·ㅗ」時，就接았；如果語幹的母音不是「ㅏ·ㅗ」時，就接었；如果是하다類的動詞，就接였，兩者結合後會變成했。

10. 「아/어요」爲非格式體尊敬形，若加在表示過去式的「았/었/였」後方，一律使用어요。

✔例句

✦ 한국에 온 지 얼마나 되었어요?
　han gu ge on ji eol ma na doe eo sseo yo
　你來韓國多久了？

✦ 여기에 온 지 반년이 되었어요.
　yeo gi e on ji ban nyeo ni doe eo sseo yo
　我來這裡已經半年了。

✦ 그 남자를 만난 지 이년이 되었어요.
　geu nam ja reul man nan ji i nyeo ni doe eo sseo yo
　和那男生交往已經兩年了。

✦ 고등학교에서 영어를 가르친 지 3개월이 되었어요.

go deung hak kkyo e seo yeong eo reul kka reu chin
ji sam gae wo ri doe eo sseo yo

在高中教英文有三個月了。

✦ 이 일을 한 지 5년반이 넘었어요.

i i reul han ji o nyeon ba ni neo meo sseo yo

做這工作超過五年半了。

●補充說明

如果想要表示「還未滿」某個時間範圍，可以在此
句型的되다前方加上表示否定的안。

例句

✦ 한국어를 배운 지 일년이 안 되었어요.

han gu geo reul ppae un ji il lyeo ni an doe eo sseo
yo

我學韓文還不到一年。

✦ 이 책을 읽은 지 10분이 안 되었어요.

i chae geul il geun ji sip ppu ni an doe eo sseo yo

讀這本書還不到十分鐘。

情境會話

A 결혼한 지 얼마나 되었어요?

gyeol hon han ji eol ma na doe eo sseo yo

B 10년이 되었어요.

sim nyeo ni doe eo sseo yo

就是這一本
超實用韓語生活會話
Korean Conversation? This is the One!

Audio CD
Track 055

中文翻譯

Ⓐ 你結婚多久了？

Ⓑ 有十年了。

必背單字

✎ 얼마나
eol ma na
多久

✎ 고등학교
go deung hak kkyo
高中

✎ 가르치다
ga reu chi da
教導

✎ 읽다
ik tta
閱讀／念

✎ 결혼하다
gyeol hon ha da
結婚

Lesson
49

● 비행기를 탄 적이 없어요.

bi haeng gi reul tan jeo gi eop sseo yo

我沒搭過飛機。

學習重點

　　「(으)ㄴ 적이 있다」接在動詞語幹後方，表示有做過某事的經驗，相當於中文的「曾經…」。當動詞語幹以母音結束時，就接ㄴ 적이 있다；當動詞語幹以子音結束時，就接은 적이 있다。反之，如果要表示沒有做某事的經驗時，就使用「(으)ㄴ 적이 없다」，相當於中文的「不曾…」。

句子拆解

비행기＋를＋타다＋ㄴ 적이 없다＋어요

1. 「비행기」為名詞，表示「飛機」。

2. 「을/를」為受格助詞，接在名詞後方，表示該名詞為動作或作用的對象。

3. 「타다」為動詞，表示「搭（交通工具）」。

4. 「(으)ㄴ 적이 없다」接在動詞語幹後方，表示沒有做某事的經驗，相當於中文的「不曾…」。

5. 「아/어요」接在動詞、形容詞或이다後方，當語幹的母音是「ㅏ.ㅗ」時，就接아요；如果語幹的母音不是「ㅏ.ㅗ」時，就接「어요」；如

果是하다類的動詞，就接여요，兩者結合後會變成해요。

例句

◆ 한국 요리를 먹어 본 적이 없어요.
han guk yo ri reul meo geo bon jeo gi eop sseo yo
我沒吃過韓國料理。

◆ 캐나다에 가 본 적이 있어요.
kae na da e ga bon jeo gi i sseo yo
我去過加拿大。

◆ 학교에 지각한 적이 없어요.
hak kkyo e ji ga kan jeo gi eop sseo yo
我從沒上學遲到過。

◆ 그 분을 한 번 만난 적이 있습니다.
geu bu neul han beon man nan jeo gi it sseum ni da
我曾經見過他一次。

◆ 생일 선물을 받은 적이 없습니다.
saeng il seon mu reul ppa deun jeo gi eop sseum ni da
我沒收過生日禮物。

◆ 지갑을 잃어버린 적이 있어요.
ji ga beul i reo beo rin jeo gi i sseo yo
我曾經弄丟過錢包。

◆ 선생님한테 혼난 적이 없어요.
seon saeng nim han te hon nan jeo gi eop sseo yo
我不曾被老師罵過。

1 文法解析篇

情境會話

A 어제 새 스마트폰을 샀어요.
eo je sae seu ma teu po neul ssa sseo yo

B 와, 전 아직도 스마트폰을 사용해 본 적
이 없어요.
wa jeon a jik tto seu ma teu po neul ssa yong hae bon
jeo gi eop sseo yo

中文翻譯

A 昨天我買了新的智慧型手機。

B 哇，我還沒使用過智慧型手機耶。

必背單字

✎ 캐나다
kae na da
加拿大

✎ 잃어버리다
i reo beo ri da
弄丟／遺失

✎ 혼나다
hon na da
挨罵／挨訓

就是這一本
超實用韓語生活會話
Korean Conversation! This Is the One!

Audio CD
Track 056

✎ 새
sae
新的

✎ 스마트폰
seu ma teu pon
智慧型手機

✎ 아직
a jik
還/尚

✎ 사용하다
sa yong ha da
使用

● 일본에 유학을 가기로 했어요.
il bo ne yu ha geul kka gi ro hae sseo yo
我決定去日本留學。

學習重點

「기로 하다」接在動詞語幹後方，表示說話者的決心或決定，另外也可以表示和他人約好要進行的某種行為。하다也可以用결심하다（下決心）、정하다（決定）、결정하다（決定）、약속하다（約定）等動詞來取代。

句子拆解

일본＋에＋유학＋을＋가다＋기로 하다＋였＋어요

1. 「일본」爲地名，表示「日本」。

2. 「에」爲處格助詞，接在表示地點或位置的名詞後方，表示地點及位置。

3. 「유학」爲名詞，表示「留學」。

4. 「을/를」如果和가다、오다等的移動動詞一起使用，表示因某一目的而移動空間。

5. 「가다」爲動詞，表示「去」。

6. 「기로 하다」接在動詞語幹後方，表示說話者

的決心或決定，另外也可以表示和他人約好要進行的某種行為。

7. 「았/었/였」加在動詞、形容詞或이다的語幹後方。當語幹的母音是「ㅏ.ㅗ」時，就接았；如果語幹的母音不是「ㅏ.ㅗ」時，就接었；如果是하다類的動詞，就接였，兩者結合後會變成했。

8. 「아/어요」為非格式體尊敬形，若加在表示過去式的「았/었/였」後方，一律使用어요。

例句

✦ 내일부터 다이어트를 하기로 했어요.
nae il bu teo da i eo teu reul ha gi ro hae sseo yo
我決定從明天開始減肥。

✦ 매일 일찍 일어나기로 했어요.
mae il il jjik i reo na gi ro hae sseo yo
我決定每天要早點起床。

✦ 이번 주말에 여행을 가기로 했어요.
i beon ju ma re yeo haeng eul kka gi ro hae sseo yo
我決定這個周末去旅行。

✦ 가족과 같이 대구에 가기로 약속했어요.
ga jok kkwa ga chi dae gu e ga gi ro yak sso kae sseo yo
已經約好和家人一起去大邱了。

✦ 남자친구와 헤어지기로 결심했어요.
nam ja chin gu wa he eo ji gi ro gyeol sim hae sseo yo
決定和男朋友分手。

✦ 회사를 그만두기로 결심했어요.
  hoe sa reul kkeu man du gi ro gyeol sim hae sseo yo
  我決定要辭職。

✦ 오후에 학교 정문에서 만나기로 정했어요.
  o hu e hak kkyo jeong mu ne seo man na gi ro jeong
  hae sseo yo
  定好下午在學校正門見面。

情境會話

A 내일 같이 영화 보러 갈까요?
   nae il ga chi yeong hwa bo reo gal kka yo

B 미안해요. 내일 해수욕장에 가기로 결정
   했어요.
   mi an hae yo nae il hae su yok jjang e ga gi ro gyeol
   jeong hae sseo yo

中文翻譯

A 明天一起去看電影，好嗎？

B 抱歉，我決定要去海水浴場了。

必背單字

✎ 대구
  dae gu
  大邱（地名）

215

就是這一本
超實用韓語生活會話
Korean Conversation! This is the One!

Audio CD
Track **057**

✎ 헤어지다
he eo ji da
分開／分手

✎ 그만두다
geu man du da
作罷／辭職

✎ 정문
jeong mun
正門

✎ 해수욕장
hae su yok jjang
海水浴場

實用會話篇

就是這一本
超實用韓語生活會話
Korean Conversation! This is the One!

Audio CD
Track **058**

• 打招呼用語

基礎會話

A 민지 씨, 안녕하세요.
min ji ssi an nyeong ha se yo
旼志,你好。

B 안녕하세요.
an nyeong ha se yo
你好。

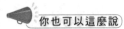
你也可以這麼說

☞ 좋은 아침입니다.
jo eun a chi mim ni da
早安。

☞ 안녕하세요. 어디 가세요?
an nyeong ha se yo eo di ga se yo
您好，你要去哪呢？

☞ 오늘 하루는 어땠어요?
o neul ha ru neun eo ttae sseo yo
你今天一天過得怎麼樣？

☞ 잘 다녀오셨어요?
jal tta nyeo o syeo sseo yo
您回來啦？

☞ 오늘 정말 덥죠?
o neul jjeong mal tteop jjyo
今天真熱，對吧？

☞ 오늘 바쁘세요?

o neul ppa ppeu se yo

今天忙嗎？

☞ 오늘 날씨가 정말 좋죠?

o neul nal ssi kka jeong mal jjo chyo

今天天氣很好，對吧？

對方可以這樣說

☞ 항상 똑같죠.

hang sang ttok kkat jjyo

和往常一樣。

☞ 점심을 먹었어요. 준수 씨는요?

jeom si meul meo geo sseo yo jun su ssi neu nyo

我吃過午飯了，俊秀你呢？

就是這一本
超實用韓語生活會話
Korean Conversation! This is the One!

Audio CD
Track **060**

• 離別時

基礎會話

A 먼저 가겠습니다.

meon jeo ga get sseum ni da

我先走了。

B 운전 조심해서 가세요.

un jeon jo sim hae seo ga se yo

小心開車喔！

你也可以這麼說

☞ 저는 이만 가야겠어요.

jeo neun i man ga ya ge sseo yo

我該離開了。

☞ 또 봐요. 연락할게요.

tto bwa yo yeol la kal kke yo

再見，我會打電話給你。

☞ 다음에 뵙겠습니다.

da eu me boep kket sseum ni da

下次見。

☞ 또 올게요.

tto ol ge yo

我會再來的。

☞ 시간이 늦었습니다. 가야겠어요.

si ga ni neu jeot sseum ni da ga ya ge sseo yo

時間不早了，我該走了。

☞ 별일 없으면 이만 가보겠습니다.
byeo ril eop sseu myeon i man ga bo get sseum ni da
沒什麼事的話，我先走了。

☞ 나중에 봐요.
na jung e bwa yo
改天見。

☞ 다음에 또 봅시다.
da eu me tto bop ssi da
下次再見！

☞ 배웅하실 것 없어요. 나오시지 마세요.
bae ung ha sil geot eop sseo yo na o si ji ma se yo
不用送我，請留步。

對方可以這樣說

☞ 안녕히 가세요.
an nyeong hi ga se yo
再見。（向離開要走的人）

☞ 안녕히 계세요.
an nyeong hi gye se yo
再見。（向留在原地的人）

☞ 안녕히 가세요. 잘 지내세요.
an nyeong hi ga se yo jal jji nae se yo
再見，保重。

☞ 내일 봐요.
nae il bwa yo
明天見。

☞ 그럼 잘 있어요.
geu reom jal i sseo yo
保重。

就是這一本
超實用韓語生活會話
Korean Conversation! This is the One!

Audio CD
Track 062

☞ 다시 만날 수 있기를 바랍니다.
da si man nal ssu it kki reul ppa ram ni da
希望能再見到你。

☞ 살펴 가십시오.
sal pyeo ga sip ssi o
請慢走。

你可以對朋友或晚輩這樣說

☞ 바이바이.
ba i ba i
拜拜。

☞ 안녕.
an nyeong
再見。

☞ 다음에 다시 만나자.
da eu me da si man na ja
我們下次再見吧！

☞ 이따 봐.
i tta bwa
待會見。

☞ 연락하자.
yeol la ka ja
再連絡喔！

☞ 주말 잘 보내.
ju mal jjal ppo nae
周末愉快。

222

初次見面

基礎會話

A 안녕하세요. 처음 뵙겠습니다.

an nyeong ha se yo cheo eum boep kket sseum ni da

您好，初次見面。

B 저는 박미연입니다. 만나서 반갑습니다.

jeo neun bang mi yeo nim ni da man na seo ban gap

sseum ni da

我是朴美妍，很高興見到您。

你也可以這麼說

☞ 저는 박미연이라고 합니다.

jeo neun bang mi yeo ni ra go ham ni da

我名叫朴美妍。

☞ 성함을 여쭤 봐도 될까요?

seong ha meul yeo jjwo bwa do doel kka yo

請問您貴姓大名？

☞ 앞으로 잘 부탁드립니다.

a peu ro jal ppu tak tteu rim ni da

往後請多多指教。

☞ 전부터 만나 뵙고 싶었습니다.

jeon bu teo man na boep kko si peot sseum ni da

我之前就想見見您了。

☞ 성씨가 어떻게 되세요?

seong ssi ga eo tteo ke doe se yo

您貴姓？

☞ 명함 한 장 주시겠어요?
myeong ham han jang ju si ge sseo yo
可以給我一張名片嗎

對方可以這樣說

☞ 성함은 많이 들었습니다. 뵙게 되어 영광입니다.
seong ha meun ma ni deu reot sseum ni da boep kke
doe eo yeong gwang im ni da
久仰大名,很榮幸見到您。

☞ 이건 제 명함입니다.
i geon je myeong ha mim ni da
這是我的名片。

☞ 저야말로 잘 부탁드립니다.
jeo ya mal lo jal ppu tak tteu rim ni da
我才請您多多指教。

☞ 저도 미연 씨를 알게 되어 기쁩니다.
jeo do mi yeon ssi reul al kke doe eo gi ppeum ni da
我也很高興認識美妍小姐你。

☞ 저는 성이 김입니다.
jeo neun seong i gi mim ni da
我姓金。

☞ 전부터 미연 씨를 만나고 싶었어요.
jeon bu teo mi yeon ssi reul man na go si peo sseo yo
早就想見美妍小姐你了。

☞ 말씀 많이 들었어요.
mal sseum ma ni deu reo sseo yo
久仰久仰。

☞ 많은 가르침 부탁합니다.

ma neun ga reu chim bu ta kam ni da

請多多指教。

你可以對朋友或晚輩這樣說

☞ 이름이 뭐야?

i reu mi mwo ya

你叫什麼名字?

☞ 만나서 반가워.

man na seo ban ga wo

很高興見到你。

☞ 네 이름이 뭐니?

ne i reu mi mwo ni

你叫什麼名字?

相 關

⊃ 이쪽은 제 친구 홍수아입니다.

i jjo geun je chin gu hong su a im ni da

這位是我的朋友洪秀兒。

⊃ 제가 두 분을 소개하겠습니다.

je ga du bu neul sso gae ha get sseum ni da

我來介紹兩位。

⊃ 제 동료인 강민지입니다.

je dong nyo in gang min ji im ni da

這是我的同事姜旼志。

⊃ 이분은 이선생이고, 이분은 박선생입니다.

i bu neun i seon saeng i go i bu neun bak sseon saeng
im ni da

這位是李先生,這位是朴先生。

⊃ 이분은 저의 아버님이세요.
i bu neun jeo ui a beo ni mi se yo
這位是我的父親。

• 久未相見

基礎會話

A 정말 오래간만이에요. 잘 지내세요?
jeong mal o rae gan ma ni e yo jal jji nae se yo
真的好久不見，你過得好嗎？

B 예, 잘 지내요.
ye jal jji nae yo
我過得很好。

你也可以這麼說

☞ 다시 만나서 정말 반가워요.
da si man na seo jeong mal ppan ga wo yo
真的很高興再見到你。

☞ 오랜만이군요. 잘 지내세요?
o raen ma ni gu nyo jal jji nae se yo
好久不見，你過得好嗎？

☞ 요즘 어떻게 지내고 계세요?
yo jeum eo tteo ke ji nae go gye se yo?
您最近過得怎麼樣？

☞ 많이 변하셨군요.
ma ni byeon ha syeot kku nyo
你變很多呢！

☞ 잘 지내셨어요?
jal jji nae syeo sseo yo
您過得好嗎？

☞ 사업은 여전히 잘 되시지요?
sa eo beun yeo jeon hi jal ttoe si ji yo
事業還順利嗎？

對方可以這樣說

☞ 저는 잘 지냈어요.
jeo neun jal jji nae sseo yo
我過得很好。

☞ 저는 바쁘지만 잘 지내요.
jeo neun ba ppeu ji man jal jji nae yo
我雖然很忙，但過得很好。

☞ 네, 덕분에 잘 지냈어요.
ne deok ppu ne jal jji nae sseo yo
託您的福，我過得很好。

☞ 여전히 마찬가지예요.
yeo jeon hi ma chan ga ji ye yo
還是跟以前一樣。

☞ 여전히 그래요.
yeo jeon hi geu rae yo
還是那樣囉！

☞ 평소와 같아요.
pyeong so wa ga ta yo
和平常一樣。

☞ 어떻게 여기에 오셨습니까?
eo tteo ke yeo gi e o syeot sseum ni kka
你怎麼會來這裡？

☞ 덕분에 만사가 순조롭습니다.
deok ppu ne man sa ga sun jo rop sseum ni da
託您得福，很順利。

你可以對朋友或晚輩這樣說

☞ 잘 있니?
jal in ni
過得好嗎？

☞ 어떻게 지냈어?
eo tteo ke ji nae sseo
你過得怎麼樣？

☞ 보고 싶었어.
bo go si peo sseo
很想念你。

☞ 많이 예뻐졌네.
ma ni ye ppeo jeon ne
你變得漂亮多了。

朋友或晚輩可以這樣回答

☞ 아주 잘 지내.
a ju jal jji nae
我過得很好。

☞ 조금 바빠.
jo geum ba ppa
有點忙。

☞ 별로 그냥 그래요.
byeol lo geu nyang geu rae yo
就那樣囉／一般囉。

☞ 최악이야.
choe a gi ya
糟透了。

自我介紹

基礎會話

A 안녕하세요. 저는 대만에서 왔습니다.

an nyeong ha se yo jeo neun dae ma ne seo wat sseum ni da

你好，我從台灣來的。

B 저는 김태희입니다. 한국 사람입니다.

jeo neun gim tae hi im ni da han guk sa ra mim ni da

我叫做金泰熙，是韓國人。

你也可以這麼說

☞ 한국에 온 지 일년이 됐습니다.

han gu ge on ji il lyeo ni dwaet sseum ni da

我來韓國已經一年了。

☞ 대학에서 법률을 공부하고 있습니다.

dae ha ge seo beom nyu reul kkong bu ha go it sseum ni da

我在大學讀法律。

☞ 저희 집은 대가족입니다.

jeo hi ji beun dae ga jo gim ni da

我家是個大家族。

☞ 저는 독녀입니다.

jeo neun dong nyeo im ni da

我是獨生女。

☞ 전 아직 결혼하지 않았어요.

jeon a jik gyeol hon ha ji a na sseo yo

我還沒結婚。

☞ 당신은 어느 나라 사람입니까?

dang si neun eo neu na ra sa ra mim ni kka

你是哪國人？

對方可以這樣說

☞ 저도 대만에서 왔어요.

jeo do dae ma ne seo wa sseo yo

我也是從台灣來的。

☞ 저는 일본 사람입니다.

jeo neun il bon sa ra mim ni da

我是日本人。

☞ 만나서 반갑습니다. 앞으로 많이 도와 주십시오.

man na seo ban gap sseum ni da a peu ro ma ni do wa ju sip ssi o

很高興認識你，往後請多幫助。

● 家庭背景

A 가족은 몇 분이나 됩니까?

ga jo geun myeot bu ni na doem ni kka

你家有幾個人？

B 우리 식구는 다섯 명입니다.

u ri sik kku neun da seot myeong im ni da

我家有五個人。

你也可以這麼說

☞ 당신은 가족들과 같이 사십니까?

dang si neun ga jok tteul kkwa ga chi sa sim ni kka

你和家人一起住嗎？

☞ 형제가 몇이나 됩니까?

hyeong je ga myeo chi na doem ni kka

你有幾個兄弟姊妹？

☞ 가족에 대해 좀 말씀해 주시겠습니까?

ga jo ge dae hae jom mal sseum hae ju si get sseum ni kka

能談談你的家人嗎？

☞ 형제가 있나요?

hyeong je ga in na yo

你有兄弟姊妹嗎？

☞ 아이들은 몇 명이나 됩니까?

a i deu reun myeot myeong i na doem ni kka

你有幾個孩子？

☞ 집이 어디에 있습니까?

ji bi eo di e it sseum ni kka

你家在哪裡？

☞ 자녀는 어떻게 되세요?

ja nyeo neun eo tteo ke doe se yo

你有幾個孩子？

對方可以這樣說

☞ 언니가 둘 있는데 오빠는 없습니다.

eon ni ga dul in neun de o ppa neun eop sseum ni da

我有兩個姐姐，沒有哥哥。

☞ 아이들이 셋 있어요. 아들 둘하고, 딸 하나입니다.

a i deu ri set i sseo yo a deul ttul ha go ttal ha na im ni da

我有三個孩子，兩個兒子一個女兒。

☞ 집이 서울에 있습니다.

ji bi seo u re it sseum ni da

我的家在首爾。

☞ 우리는 아이가 없어요.

u ri neun a i ga eop sseo yo

我們沒有小孩。

☞ 아들 하나 있어요.

a deul ha na i sseo yo

我只有一個兒子。

☞ 저는 혼자서 살아요.

jeo neun hon ja seo sa ra yo.

我一個人住。

☞ 부모님과 같이 살아요.

bu mo nim gwa ga chi sa ra yo.

我和父母親一起住。

你可以對朋友或晚輩這樣說

☞ 가족이 몇 명이야?

ga jo gi myeot myeong i ya?

你家有幾個人？

☞ 고향은 어디에 있어?

go hyang eun eo di e i sseo

你的故鄉在哪裡？

• 感謝

基礎會話

A 이렇게 도와줘서 고마워요.
i reo ke do wa jwo seo go ma wo yo
謝謝你這樣幫我。

B 고맙긴요.
go map kki nyo
不用謝。

 你也可以這麼說

☞ 고맙습니다.
go map sseum ni da
謝謝你。

☞ 대단히 감사합니다.
dae dan hi gam sa ham ni da
非常謝謝你。

☞ 당신의 도움에 감사드립니다.
dang si nui do u me gam sa deu rim ni da
謝謝你的幫助。

☞ 가르쳐 주셔서 감사합니다.
ga reu cheo ju syeo seo gam sa ham ni da
謝謝您的指導。

☞ 어떻게 감사드려야 할지 모르겠군요.
eo tteo ke gam sa deu ryeo ya hal jji mo reu get kku
nyo
不知道該怎樣感謝你。

☞ 뭐라고 감사해야 할 지 모르겠어요.
mwo ra go gam sa hae ya hal jji mo reu ge sseo yo
不知道該説什麼感謝你。

☞ 너무 고마워요. 다음에 식사 대접할게요.
neo mu go ma wo yo da eu me sik ssa dae jeo pal kke yo
太感謝了，下次我請你吃飯。

對方可以這樣說

☞ 도움이 되어 다행입니다.
do u mi doe eo da haeng im ni da
我很高興能幫得上忙。

☞ 별것 아니에요.
byeol geot a ni e yo
沒什麼。

☞ 천만에요.
cheon ma ne yo
不客氣。

☞ 감사할 것 없습니다.
gam sa hal kkeot eop sseum ni da
不需道謝。

☞ 별 말씀을요.
byeol mal sseu meu ryo
哪裡的話。

☞ 천만에요. 이것은 저의 영광입니다.
cheon ma ne yo i geo seun jeo ui yeong gwang im ni da
不客氣，這是我的榮幸。

☞ 도움이 되어서 정말 기쁩니다.

do u mi doe eo seo jeong mal kki ppeum ni da

很高興能幫上你的忙。

(你可以對朋友或晚輩這樣說)

☞ 땡큐.

ttaeng kyu

謝謝。

☞ 정말 고마워.

jeong mal kko ma wo

真的謝謝你。

就是這一本
超實用韓語生活會話
Korean Conversation! This is the One!

Audio CD
Track 078

● 道歉

基礎會話

A 제가 실수를 했어요. 정말 죄송합니다.

je ga sil su reul hae sseo yo jeong mal jjoe song ham ni da

我失誤了，真的很抱歉。

B 괜찮아요. 다음부터 주의하면 돼요.

gwaen cha na yo da eum bu teo ju ui ha myeon dwae yo

沒關係，下次注意就好。

你也可以這麼說

☞ 정말 죄송합니다.

jeong mal jjoe song ham ni da

真的很抱歉。

☞ 대당히 죄송합니다.

dae dang hi joe song ham ni da

非常抱歉。

☞ 제 잘못이에요. 죄송합니다.

je jal mo si e yo joe song ham ni da

我的錯，很抱歉。

☞ 지난번에는 미안했어요.

ji nan beo ne neun mi an hae sseo yo

上次很抱歉。

☞ 미안합니다. 제가 다른 사람으로 착각했어요.
mi an ham ni da je ga da reun sa ra meu ro chak kka
kae sseo yo
不好意思，我認錯人了。

☞ 제 사과를 받아주십시오.
je sa gwa reul ppa da ju sip ssi o
請接受我的道歉。

☞ 당신께 사과드립니다.
dang sin kke sa gwa deu rim ni da
我向您道歉。

☞ 용서해 주세요.
yong seo hae ju se yo
原諒我吧！

☞ 폐를 끼쳐서 죄송합니다.
pye reul kki cheo seo joe song ham ni da
給你添麻煩了，對不起。

☞ 시간을 많이 빼앗아서 죄송합니다.
si ga neul ma ni ppae a sa seo joe song ham ni da
對不起，占用你那麼多時間。

☞ 죄송합니다. 사람을 잘못 봤습니다.
joe song ham ni da sa ra meul jjal mot bwat sseum
ni da
對不起，我看錯人了。

☞ 죄송합니다. 괜찮으세요?
joe song ham ni da gwaen cha neu se yo
對不起，你還好嗎？

☞ 밤늦게 전화해서 죄송합니다.
bam neut kke jeon hwa hae seo joe song ham ni da
抱歉這麼晚打給你。

就是這一本
超實用韓語生活會話
Korean Conversation! This is the One!

Audio CD
Track 080

對方可以這樣說

☞ 괜찮아요.
gwaen cha na yo
沒關係。

☞ 신경 쓰지 마세요.
sin gyeong sseu ji ma se yo
別放在心上。

☞ 상관 없어요.
sang gwan eop sseo yo
沒關係。

☞ 별것 아닙니다.
byeol geot a nim ni da
那沒什麼。

☞ 사과하실 필요 없어요.
sa gwa ha sil pi ryo eop sseo yo
你不需要道歉。

☞ 당신의 잘못이 아닙니다.
dang si nui jal mo si a nim ni da
這不是你的錯。

你可以對朋友或晚輩這樣說

☞ 미안.
mi an
對不起。

☞ 내가 잘못했어. 미안해.
nae ga jal mo tae sseo. mi an hae
我做錯了，抱歉。

☞ 늦어서 미안해.
neu jeo seo mi an hae.
我來晚了，抱歉。

☞ 한 번만 봐 줘.
han ban man bwa jwo
就原諒我一次吧。

☞ 내 잘못이야.
nae jal mo si ya
我的錯。

☞ 제발 용서해 줘.
je bal yong seo hae jwo
求你原諒我。

朋友或晚輩可以這樣回答

☞ 괜찮아.
gwaen cha na
沒關係。

☞ 신경 쓰지 마.
sin gyeong sseu ji ma
別放在心上。

☞ 용서할 수 없어.
yong seo hal ssu eop sseo
不可原諒。

相 關

⊃ 사과할게요.
sa gwa hal kke yo
我向你道歉。

就是這一本
超實用韓語生活會話
Korean Conversation! This is the One!

Audio CD
Track 082

● 談論天氣

基礎會話

A 내일 날씨가 어떨까요?
nae il nal ssi kka eo tteol kka yo
明天天氣怎麼樣？

B 비가 내릴 것 같아요.
bi ga nae ril geot ga ta yo
好像會下雨。

你也可以這麼說

☞ 내일 날씨가 어떻습니까?
nae il nal ssi kka eo tteo sseum ni kka
明天天氣怎麼樣？

☞ 내일 비가 올까요?
nae il bi ga ol kka yo
明天會下雨嗎？

☞ 밖에 날씨가 어떤가요?
ba kke nal ssi kka eo tteon ga yo
外面天氣怎麼樣？

☞ 오늘은 비가 내릴까요?
o neu reun bi ga nae ril kka yo
今天會下雨嗎？

☞ 오늘 기온은 몇 도입니까?
o neul kki o neun myeot do im ni kka
今天氣溫幾度？

對方可以這樣說

☞ 내일은 비가 온다고 합니다.
nae i reun bi ga on da go ham ni da
聽說明天會下雨。

☞ 내일 비가 올 지도 모릅니다.
nae il bi ga ol ji do mo reum ni da
明天也許會下雨。

☞ 좀 쌀쌀해요.
jom ssal ssal hae yo
有點涼颼颼的。

☞ 일기예보에서는 내일 비가 내릴 거라고 했어요.
il gi ye bo e seo neun nae il bi ga nae ril geo ra go
hae sseo yo
天氣預報說明天會下雨。

☞ 오늘은 날씨가 매우 좋습니다.
o neu reun nal ssi kka mae u jo sseum ni da
今天天氣非常好。

☞ 밖에 비가 많이 오고 있어요.
ba kke bi ga ma ni o go i sseo yo
外面正下著大雨。

☞ 바깥 날씨는 서늘합니다.
ba kkat nal ssi neun seo neul ham ni da
外面的天氣涼颼颼的。

☞ 점점 추워졌습니다.
jeom jeom chu wo jeot sseum ni da
慢慢變冷了。

就是這一本
超實用韓語生活會話
Korean Conversation! This is the One!

Audio CD
Track 084

☞ 날씨가 따뜻해지기 시작했습니다.
nal ssi kka tta tteu tae ji gi si ja kaet sseum ni da
天氣開始變溫暖了。

☞ 바깥은 아주 덥습니다.
ba kka teun a ju deop sseum ni da
外面很熱。

☞ 밖에 바람이 세차게 불고 있습니다.
ba kke ba ra mi se cha ge bul go it sseum ni da
外面正在颳強風。

☞ 비가 멈췄습니다.
bi ga meom chwot sseum ni da
雨停了。

☞ 오늘은 더 추워요.
o neu reun deo chu wo yo
今天更冷。

☞ 날씨가 맑아요.
nal ssi kka mal ga yo
天氣晴朗。

☞ 오늘은 별로 춥지 않아요.
o neu reun byeol lo chup jji a na yo
今天不怎麼冷。

☞ 소나기가 올 것 같아요.
so na gi ga ol geot ga ta yo
好像要下雷陣雨了。

你可以對朋友或晚輩這樣說

☞ 내일, 비 올까?
nae il, bi ol kka
明天會下雨嗎?

☞ 내일 날씨가 어때?
nae il nal ssi kka eo ttae
明天天氣如何?

相 關

⊃ 일기예보가 또 틀렸네요.
il gi ye bo ga tto teul lyeon ne yo
天氣預報又報錯了。

⊃ 빨리 따뜻해지면 좋겠어요.
ppal li tta tteu tae ji myeon jo ke sseo yo
希望快點變溫暖。

⊃ 이제 곧 장마철에 접어들겠군요.
i je got jang ma cheo re jeo beo deul kket kku nyo
馬上就要進入梅雨季了。

⊃ 빨리 비가 그치면 좋겠어요.
ppal li bi ga geu chi myeon jo ke sseo yo
希望雨快點停。

⊃ 갑자기 추워졌네요.
gap jja gi chu wo jeon ne yo
突然變冷了。

⊃ 서리가 내렸어요.
seo ri ga nae ryeo sseo yo
降霜了。

● 邀請

基礎會話

A 이번 주말에 우리 집에 올거예요? 식사를 대접하고 싶은데요.

i beon ju ma re u ri ji be ol geo ye yo sik ssa reul ttae jeo pa go si peun de yo

這個周末要來我家嗎？我想請你吃飯。

B 초대해 줘서 고마워요. 꼭 갈 거예요.

cho dae hae jwo seo go ma wo yo kkok gal kkeo ye yo

謝謝你的邀請，我一定會去。

你也可以這麼說

☞ 제 생일 파티에 오실래요?

je saeng il pa ti e o sil lae yo

你要來我的生日派對嗎？

☞ 오늘 저녁에 회식이 있는데, 오실래요?

o neul jjeo nyeo ge hoe si gi in neun de o sil lae yo?

今天傍晚有聚餐，你要來嗎？

☞ 같이 전시회를 보러 갈까요?

ga chi jeon si hoe reul ppo reo gal kka yo

要一起去看展示會嗎？

☞ 파티가 있는데, 오시겠어요?

pa ti ga in neun de o si ge sseo yo

有 Party 你要來嗎？

☞ 부인도 함께 오세요.

bu in do ham kke o se yo

你妻子也一起來吧。

☞ 이번 토요일에 무슨 계획이 있어요?

i beon to yo i re mu seun gye hoe gi i sseo yo

這星期六你有什麼計劃嗎？

☞ 저희와 함께 저녁을 드시겠습니까?

jeo hi wa ham kke jeo nyeo geul tteu si get sseum ni kka

您要和我們一起吃晚餐嗎？

☞ 점심 같이 해요.

jeom sim ga chi hae yo

一起吃午餐吧。

對方可以這樣說

☞ 초대해 주셔서 영광입니다.

cho dae hae ju syeo seo yeong gwang im ni da

我很榮幸能得到你的邀請。

☞ 절 초대해 주셔서 감사합니다.

jeol cho dae hae ju syeo seo gam sa ham ni da

謝謝你的招待。

☞ 고맙지만 내일은 곤란합니다.

go map jji man nae i reun gol lan ham ni da

謝謝你，但明天有點不方便。

☞ 가고 싶지만 시간이 없어요.

ga go sip jji man si ga ni eop sseo yo

雖然想去，但沒有時間。

☞ 생각할 시간을 좀 주시겠어요?

saeng ga kal ssi ga neul jjom ju si ge sseo yo

可以給我點時間考慮嗎？

就是這一本
超實用韓語生活會話
Korean Conversations! This is the One!

Audio CD
Track 088

☞ 선약이 있습니다.
seo nya gi it sseum ni da
我已經有約了。

你可以對朋友或晚輩這樣說

☞ 오늘 밤 바빠?
o neul ppam ba ppa
今天晚上你忙嗎？

☞ 우리 집 올까?
u ri jip ol kka
要來我家嗎？

朋友或晚輩可以這樣回答

☞ 갈게! 갈게!
gal kke gal kke
我要去！我要去！

☞ 기대할게.
gi dae hal kke
我很期待。

☞ 몇 시에 가면 돼?
myeot si e ga myeon dwae
我要幾點去？

☞ 물론이지, 갈게.
mul lo ni ji gal kke
當然囉，我會去。

☞ 안 될 것 같아.
an doel geot ga ta
好像不行。

相 關

‚ 와 줘서 고맙습니다.
wa jwo seo go map sseum ni da
你能來，謝謝你。

‚ 커피 한 잔 하시겠어요?
keo pi han jan ha si ge sseo yo
要不要來杯咖啡？

‚ 들어와서 편히 앉으십시오.
deu reo wa seo pyeon hi an jeu sip ssi o
進來隨便坐。

‚ 차를 마실까요? 커피를 마실까요?
cha reul ma sil kka yo keo pi reul ma sil kka yo
你要喝茶還是咖啡？

• 時間／日期

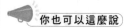

A 지금 몇 시입니까?

ji geum myeot si im ni kka

現在幾點？

B 지금은 밤 10시입니다.

ji geu meun bam yeol si im ni da

現在是晚上 10 點。

你也可以這麼說

☞ 지금 몇 시 인가요?

ji geum myeot si in ga yo

現在幾點？

☞ 지금 몇 시인지 알려주시겠습니까?

ji geum myeot si in ji al lyeo ju si get sseum ni kka

可以告訴我現在幾點嗎？

☞ 오늘은 몇 월 며칠입니까?

o neu reun myeot wol myeo chi rim ni kka

今天幾月幾號？

☞ 오늘 무슨 요일입니까?

o neul mu seun yo i rim ni kka

今天星期幾？

☞ 다음 주 수요일이 며칠인가요?

da eum ju su yo i ri myeo chi rin ga yo

下星期三是幾號？

對方可以這樣說

☞ 오전 8시 35분입니다.
o jeon yeo deop ssi sam si bo bu nim ni da
上午 8 點 35 分。

☞ 이제 곧 9시입니다.
i je got a hop ssi im ni da
馬上就要 9 點了。

☞ 새벽 4시입니다.
sae byeok ne si im ni da
清晨四點。

☞ 3시를 지났습니다.
se si reul jji nat sseum ni da
過了三點。

☞ 5시가 조금 넘었습니다.
da seot ssi ga jo geum neo meot sseum ni da
已經過五點了。

☞ 곧 11시가 됩니다.
got yeol han si ga doem ni da
快到 11 點了。

☞ 8월 17일입니다.
pa rwol sip chi ri rim ni da
8 月 17 號。

☞ 목요일입니다.
mo gyo i rim ni da
星期四。

☞ 모레는 금요일입니다.
mo re neun geu myo i rim ni da
後天是星期五。

就是這一本
超實用韓語生活會話
Korean Conversation! This is the One!

Audio CD
Track 092

你可以對朋友或晚輩這樣說

☞ 지금 몇 시야?
ji geum myeot si ya
現在幾點了？

☞ 어제는 몇 월 며칠이었니?
eo je neun myeot wol myeo chi ri eon ni
昨天是幾月幾號？

☞ 오후 몇 시에 회의를 하니?
o hu myeot si e hoe ui reul ha ni
下午幾點開會？

朋友或晚輩可以這樣回答

☞ 3시 반이다.
se si ba ni da
三點半。

相　關

⊃ 올해는 2012년입니다.
ol hae neun i cheon si bi nyeo nim ni da
今年是 2012 年。

⊃ 오늘은 내 생일이에요.
o neu reun nae saeng i ri e yo
今天是我的生日。

⊃ 제 시계는 10분 빠르네요.
je si gye neun sip ppun ppa reu ne yo
我的錶快了十分鐘耶！

252

⊃ 시계는 5분 늦습니다.

si gye neun o bun neut sseum ni da

手錶慢了五分。

就是這一本
超實用韓語生活會話
Korean Conversation! This is the One!

Audio CD
Track 094

● 詢問

基礎會話

A 선생님, 질문이 있습니다.
seon saeng nim jil mu ni it sseum ni da
老師,我有問題。

B 네, 물어 보세요.
ne mu reo bo se yo
好的,請説。

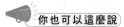

你也可以這麼說

☞ 한 가지 물어봐도 됩니까?
han ga ji mu reo bwa do doem ni kka
我可以問個問題嗎?

☞ 질문해도 되나요?
jil mun hae do doe na yo
可以問個問題嗎?

☞ 괜찮으시다면, 몇 가지 물어보고 싶습니다.
gwaen cha neu si da myeon myeot ga ji mu reo bo go
sip sseum ni da
可以的話,我想問幾個問題。

☞ 취미를 물어도 될까요?
chwi mi reul mu reo do doel kka yo
請問你的興趣是?

☞ 일에 관해서 물어 보고 싶은 게 있는데요.
i re gwan hae seo mu reo bo go si peun ge in neun de yo
我想詢問有關工作的問題。

☞ 상품에 대해서 묻고 싶은 것이 있습니다.

sang pu me dae hae seo mut kko si peun geo si it sseum ni da

我有個有關產品的疑問。

對方可以這樣說

☞ 물론이죠. 물어보세요.

mul lo ni jyo mu reo bo se yo

當然可以，請說。

☞ 죄송합니다. 저도 잘 모르겠어요.

joe song ham ni da jeo do jal mo reu ge sseo yo

對不起，我也不清楚。

你可以對朋友或晚輩這樣說

☞ 질문 있어.

jil mun i sseo

我有問題要問你。

朋友或晚輩可以這樣回答

☞ 뭔데?

mwon de

是什麼？

相 關

⟳ 여러분, 또 다른 질문이 있어요?

yeo reo bun tto da reun jil mu ni i sseo yo

各位同學，還有其他問題嗎？

就是這一本
超實用韓語生活會話
Korean Conversation! This is the One!

Audio CD
Track 096

⊃ 좋은 질문이에요!
jo eun jil mu ni e yo
這是很好的問題。

⊃ 모르는 게 있으면 바로 물어보세요.
mo reu neun ge i sseu myeon ba ro mu reo bo se yo
如果有不懂的地方,馬上提出來。

⊃ 문제가 있으면 그에게 물어 보세요.
mun je ga i sseu myeon geu e ge mu reo bo se yo
如果有問題,請去問他。

⊃ 누구에게 물어볼까요?
nu gu e ge mu reo bol kka yo
要問誰呢?

⊃ 어떤 질문이라도 있으면 언제든지 연락해 주세요.
eo tteon jil mu ni ra do i sseu myeon eon je deun ji
yeol la kae ju se yo.
若您有任何疑問,請您隨時聯絡我。

• 稱讚

基礎會話

A 누구를 닮아서 그렇게 예뻐요?

nu gu reul ttal ma seo geu reo ke ye ppeo yo

你是長得像誰,那麼漂亮?

B 칭찬해 줘서 고마워요.

ching chan hae jwo seo go ma wo yo

謝謝你的稱讚。

你也可以這麼說

☞ 정말 멋있어요.

jeong mal meo si sseo yo

真好看。

☞ 당신과 잘 어울려요.

dang sin gwa jal eo ul lyeo yo

和你很合適。

☞ 헤어스타일이 정말 잘 어울려요.

he eo seu ta i ri jeong mal jjal eo ul lyeo yo

髮型很適合你。

☞ 당신이 최고예요.

dang si ni choe go ye yo

你最棒了。

☞ 아이가 귀엽네요.

a i ga gwi yeom ne yo

孩子真可愛。

就是這一本
超實用韓語生活會話
Korean Conversation! This is the One!

Audio CD
Track 098

☞ 글씨를 잘 쓰네요.
geul ssi reul jjal sseu ne yo
你字寫得很漂亮。

☞ 피부가 고와요.
pi bu ga go wa yo.
你皮膚真好。

☞ 당신은 모르는 게 없군요.
dang si neun mo reu neun ge eop kku nyo
沒有你不知道的事。

☞ 노래를 잘 하시는군요.
no rae reul jjal ha si neun gu nyo
你歌唱得真好。

☞ 아주 젊어 보여요.
a ju jeol meo bo yeo yo
看起來很年輕。

☞ 준수 씨는 능력 있는 사람 같아요.
jun su ssi neun neung nyeok in neun sa ram ga ta yo
俊秀你真是有能力的人。

☞ 유머 감각이 좋으시군요.
yu meo gam ga gi jo eu si gu nyo
你好有幽默感。

☞ 한국어 발음이 아주 좋으시군요.
han gu geo ba reu mi a ju jo eu si gu nyo
你韓語發音真好。

☞ 친절하시네요.
chin jeol ha si ne yo
您真親切。

☞ 너무 근사해요.
neo mu geun sa hae yo
太好看了。

對方可以這樣說

☞ 아니에요.
a ni e yo
哪有啊。

☞ 고맙습니다.
go map sseum ni da
謝謝。

☞ 과찬이세요.
gwa cha ni se yo
你過獎了。

☞ 그렇게 말씀해 주시니 감사합니다.
geu ra ke mal sseum hae ju si ni gam sa ham ni da
謝謝你那麼説。

☞ 아첨하지 마세요.
a cheom ha ji ma se yo
別巴結我。

你可以對朋友或晚輩這樣說

☞ 부럽다.
bu reop tta
好羨慕喔！

☞ 정말 똑똑해.
jeong mal ttok tto kae
真聰明！

就是這一本
超實用韓語生活會話
Korean Conversation! This is the One!

Audio CD
Track **100**

☞ 못하는 게 없구나.
mo ta neun ge eop kku na
沒有你辦不到的事耶！

☞ 난 너를 자랑스럽게 생각하고 있다.
nan neo reul jja rang seu reop kke saeng ga ka go it tta
我以你為榮。

☞ 잘했어!
jal hae sseo
做得好！

☞ 멋진 드레스다!
meot jjin deu re seu da
禮服真漂亮。

☞ 양복이 맛있어.
yang bo gi ma si sseo
西裝真帥。

朋友或晚輩可以這樣回答

☞ 비행기 좀 그만 태워.
bi haeng gi jom geu man tae wo
別再奉承我了。

● 祝賀

基礎會話

A 생일 축하합니다.

saeng il chu ka ham ni da

生日快樂！

B 고맙습니다.

go map sseum ni da

謝謝。

你也可以這麼說

☞ 생일 축하합니다.

saeng il chu ka ham ni da

生日快樂！

☞ 취직을 축하합니다.

chwi ji geul chu ka ham ni da

恭喜你找到工作。

☞ 진심으로 축하드립니다.

jin si meu ro chu ka deu rim ni da

真心恭喜你。

☞ 새해 복 많이 받으십시오.

sae hae bok ma ni ba deu sip ssi o

新年快樂！

☞ 성공을 축하드립니다.

seong gong eul chu ka deu rim ni da

恭喜你成功。

就是這一本
超實用韓語生活會話
Korean Conversation! This is the One!

Audio CD
Track 102

☞ 결혼을 축하합니다. 행복하시길 바랍니다.
gyeol ho neul chu ka ham ni da haeng bo ka si gil ba
ram ni da
恭喜你結婚，祝你們幸福！

☞ 승진했다고 들었어요. 축하드립니다.
seung jin haet tta go deu reo sseo yo chu ka deu rim
ni da
聽說你升職了，恭喜你。

☞ 대학원을 졸업했다고 들었어요. 축하해요.
dae ha gwo neul jjo reo paet tta go deu reo sseo yo
chu ka hae yo
聽說你研究所畢業了，恭喜你。

對方可以這樣說

☞ 덕분이에요.
deok ppu ni e yo
託你的福氣。

☞ 감사합니다.
gam sa ham ni da
謝謝。

你可以對朋友或晚輩這樣說

☞ 축하해!
chu ka hae
恭喜你！

☞ 졸업 축하해!
jo reop chu ka hae
恭喜你畢業！

☞ 메리 크리스마스!
me ri keu ri seu ma seu
聖誕快樂！

☞ 발렌타인데이 잘 보내!
bal len ta in de i jal ppo nae
情人節快樂！

相 關

➲ 부디 건강하시고 행복하세요.
bu di geon gang ha si go haeng bo ka se yo
祝您幸福健康。

➲ 즐거운 여행이 되기를 바랍니다.
jeul kkeo un yeo haeng i doe gi reul ppa ram ni da
旅途愉快。

➲ 행운을 빕니다.
haeng u neul ppim ni da
祝你好運！

➲ 모든 소원이 이루어지기를 바랍니다.
mo deun so wo ni i ru eo ji gi reul ppa ram ni da
祝您願望都能實現。

➲ 즐거운 하루가 되세요.
jeul kkeo un ha ru ga doe se yo
祝你有個愉快的一天。

● 安慰

基礎會話

A 어떡해요? 내 짐을 잃어버렸어요.
eo tteo kae yo nae ji meul i reo beo ryeo sseo yo
怎麼辦？我的行李不見了。

B 울지 마요. 내가 도와 줄게요.
ul ji ma yo nae ga do wa jul ge yo
不要哭，我會幫助你。

你也可以這麼說

☞ 계속 일자리를 찾지 못해서 너무 속상합니다.
gye sok il ja ri reul chat jji mo tae seo neo mu sok ssang ham ni da
一直找不到工作，真傷心。

☞ 이런 좋은 기회를 놓친다는 게 정말 아쉬워요.
i reon jo eun gi hoe reul not chin da neun ge jeong mal a swi wo yo
錯失這種好機會，真可惜！

☞ 어제 할머니께서 돌아가셨어요.
eo je hal meo ni kke seo do ra ga syeo sseo yo
昨天奶奶過世了。

☞ 입학 시험에 떨어졌어요.
i pak si heo me tteo reo jeo sseo yo
入學考試落榜了。

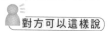
對方可以這樣說

☞ 너무 속상해 하지 마세요.
neo mu sok ssang hae ha ji ma se yo
不要太傷心了。

☞ 기운 내세요.
gi un nae se yo
打起精神來吧。

☞ 힘내세요.
him nae se yo
加油！

☞ 포기하지 마세요.
po gi ha ji ma se yo
別放棄。

☞ 걱정하지 마세요.
geok jjeong ha ji ma se yo
別擔心。

☞ 다 잘 될 거예요.
da jal ttoel geo ye yo
一切都會好轉的。

☞ 시간이 해결해 줄 거예요.
si ga ni hae gyeol hae jul geo ye yo
時間會解決一切的。

☞ 그 심정 이해해요.
geu sim jeong i hae hae yo
我能理解你的心情。

☞ 문제 없어요.
mun je eop sseo yo
沒問題。

就是這一本
超實用韓語生活會話
Korean Conversation! This is the One!

Audio CD
Track 106

☞ 겁먹지 말아요.
geom meok jji ma ra yo.
別害怕。

☞ 너무 낙심하지 말아요. 힘 내세요.
neo mu nak ssim ha ji ma ra yo him nae se yo
不要灰心，加油！

☞ 너무 슬프지 마세요.
neo mu seul peu jji ma se yo
別太難過！

朋友或晚輩可以這樣回答

☞ 괜찮아.
gwaen cha na
沒關係。

☞ 아무것도 아니야.
a mu geot tto a ni ya
那沒什麼。

☞ 좋아질 거야.
jo a jil geo ya
會好的。

☞ 걱정 마.
geok jjeong ma.
別擔心。

☞ 너무 유감이다.
neo mu yu ga mi da
真遺憾。

● 鼓勵

基礎會話

A 아직 희망이 있어요. 쉽게 포기하지 마세요.
a jik hi mang i i sseo yo swip kke po gi ha ji ma se yo
還有希望，不要輕易放棄。

B 알았어요. 다시 해 보겠어요.
a ra sseo yo da si hae bo ge sseo yo
知道了，我再試試看。

你也可以這麼說

☞ 화이팅!
hwa i ting
加油！

☞ 낙관적으로 생각하세요.
nak kkwan jeo geu ro saeng ga ka se yo
樂觀一點吧！

☞ 용기를 잃지 마세요.
yong gi reul il chi ma se yo
請不要失去勇氣。

☞ 응원할게요.
eung won hal kke yo
我會為你加油的。

☞ 마음만 먹으면 뭐든 할 수 있어요.
ma eum man meo geu myeon mwo deun hal ssu i
sseo yo
只要下定決心，什麼都辦的到。

☞ 반드시 잘 될 거예요.
ban deu si jal ttoel geo ye yo
一定會很順利的。

☞ 난 당신을 믿어요.
nan dang si neul mi deo yo
我相信你。

☞ 다시 한 번 시도해 보세요.
da si han beon si do hae bo se yo
再試一次看看吧。

對方可以這樣說

☞ 항상 격려해 줘서 고마워요.
hang sang gyeong nyeo hae jwo seo go ma wo yo
謝謝你一直鼓勵我。

你可以對朋友或晚輩這樣說

☞ 파이팅!
pa i ting
加油！

☞ 너에겐 내가 있잖아.
neo e gen nae ga it jja na
你還有我啊！

☞ 도망가지 마라!
do mang ga ji ma ra
不要逃避！

☞ 정신 좀 차려!
jeong sin jom cha ryeo
打起精神來！

☞ 또 다른 기회가 올거야.
tto da reun gi hoe ga ol geo ya
還會有其他機會的。

☞ 넌 잘 할 거야.
neon jal hal kkeo ya
你做得到的。

☞ 한 번 해봐.
han beon hae bwa
試看看吧。

☞ 난 네 편이야.
nan ne pyeo ni ya
我站在你這邊喔！

就是這一本
超實用韓語生活會話
Korean Conversation! This is the One!

Audio CD
Track **110**

● 請託

基礎會話

A 뭐 좀 부탁 드려도 됩니까?
mwo jom bu tak deu ryeo do doem ni kka
可以拜託你一件事嗎?

B 물론입니다. 말씀하세요.
mul lo nim ni da mal sseum ha se yo
當然可以,說吧。

你也可以這麼說

☞ 제 부탁 하나만 들어 주시겠어요?
je bu tak ha na man deu reo ju si ge sseo yo
可以答應我一個請求嗎?

☞ 한 가지 부탁할 일이 있습니다.
han ga ji bu ta kal i ri it sseum ni da
有件事情,想拜託您。

☞ 부탁 좀 해도 될까요?
bu tak jom hae do doel kka yo
可以麻煩你一件事嗎?

☞ 돈 좀 빌려 줄 수 있어요?
don jom bil lyeo jul su i sseo yo
可以借我一點錢嗎?

☞ 도움 좀 요청해도 되겠습니까?
do um jom yo cheong hae do doe get sseum ni kka
可以請您幫個忙嗎?

☞ 저를 꼭 좀 도와줘야 해요.
jeo reul kkok jom do wa jwo ya hae yo
你一定要幫幫我。

☞ 사진 좀 찍어 주실래요?
sa jin jom jji geo ju sil lae yo
可以幫我照相嗎？

對方可以這樣說

☞ 도움이 필요하면 알려 주세요.
do u mi pi ryo ha myeon al lyeo ju se yo
如果需要幫忙，就跟我說。

☞ 어떻게 도와 드릴까요?
eo tteo ke do wa deu ril kka yo
怎麼幫您呢？

☞ 뭐가 필요하세요?
mwo ga pi ryo ha se yo
您需要什麼嗎？

☞ 도움 필요하세요?
do um pi ryo ha se yo
需要幫助嗎？

☞ 무엇을 도와 드릴까요?
mu eo seul tto wa deu ril kka yo
需要幫忙嗎？

☞ 안 되겠어요.
an doe ge sseo yo
不行耶！

就是這一本
超實用韓語生活會話
Korean Conversation! This is the One!

Audio CD
Track **112**

你可以對朋友或晚輩這樣說

☞ 이걸 좀 도와 줘.
i geol jom do wa jwo
請幫我做這個。

☞ 난 도움이 필요해.
nan do u mi pi ryo hae
我需要幫助。

☞ 문 좀 열어 줄래?
mun jom yeo reo jul lae
可以幫我開門嗎？

朋友或晚輩可以這樣回答

☞ 도와 줄게. 뭔데?
do wa jul ge mwon de
我幫你，是什麼事？

☞ 필요할 거 있으면 바로 말해.
pi ryo hal kkeo i sseu myeon ba ro mal hae
有需要什麼，馬上跟我說。

相 關

↪ 도와주셔서 감사합니다.
do wa ju syeo seo gam sa ham ni da
謝謝你的幫助。

↪ 저녁밥을 좀 사다줄 수 있어요?
jeo nyeok ppa beul jjom sa da jul su i sseo yo
可以幫我買晚餐嗎？

● 生氣

基礎會話

A 정말 화가 나요. 이건 불공평해요.

jeong mal hwa ga na yo i geon bul gong pyeong hae yo

真是生氣，這不公平。

B 무슨 일이에요?

mu seun i ri e yo

什麼事啊？

你也可以這麼說

☞ 기가 막혀요.

gi ga ma kyeo yo

氣死了。

☞ 그 사람을 생각하면 진짜 기가 막혀요.

geu sa ra meul ssaeng ga ka myeon jin jja gi ga ma kyeo yo

一想到他，就火大。

☞ 열 받아요.

yeol ba da yo

火大。

☞ 진짜 열받네요.

jin jja yeol ban ne yo

真火大耶！

就是這一本
超實用韓語生活會話
Korean Conversation! This is the One!

Audio CD
Track 114

☞ 정말 제 자신에 화가 나요.
jeong mal jje ja si ne hwa ga na yo
我真氣我自己。

☞ 이젠 못 참겠어요.
i jen mot cham ge sseo yo
再也忍不下去了。

☞ 참는 것도 한도가 있어요.
cham neun geot tto han do ga i sseo yo
我忍耐也是有極限的。

對方可以這樣說

☞ 술 한 잔 드시고 화를 좀 푸세요.
sul han jan deu si go hwa reul jjom pu se yo
喝杯酒，消消氣吧！

☞ 왜 화가 나요?
wae hwa ga na yo
為什麼生氣呢？

☞ 진정해요.
jin jeong hae yo
冷靜一點。

☞ 아직도 화나 있어요?
a jik tto hwa na i sseo yo
你還在生氣啊？

☞ 뭐가 문제인가요?
mwo ga mun je in ga yo
有什麼問題嗎？

☞ 그렇게까지 화낼 것도 없잖아요.
geu reo ke kka ji hwa nael geot tto eop jja na yo
不需要那麼生氣嘛！

2
實
用
會
話
篇

你可以對朋友或晚輩這樣說

☞ 정말 기분 나빠!
jeong mal kki bun na ppa
心情真差！

☞ 간섭하지 마!
gan seo pa ji ma
別干涉！

☞ 내버려 둬.
nae beo ryeo dwo
別管我。

☞ 방해하지 마!
bang hae ha ji ma
不要妨礙我！

朋友或晚輩可以這樣回答

☞ 짜증 부리지 마.
jja jeung bu ri ji ma
不要亂發脾氣。

☞ 됐어, 그만해.
dwae sseo geu man hae
好了，別氣了。

☞ 왜 그래?
wae geu rae
怎麼了？

☞ 화내지 마.
hwa nae ji ma
別生氣。

☞ 왜 화났어?
wae hwa na sseo
為什麼生氣？

☞ 불평 그만해.
bul pyeong geu man hae
別再抱怨了。

相 關

⊃ 이 자식!
i ja sik
這傢伙！

⊃ 이 바보!
i ba bo
這笨蛋！

⊃ 겁쟁이!
geop jjaeng i
膽小鬼！

⊃ 구두쇠.
gu du soe
小氣鬼！

⊃ 거짓말쟁이!
geo jin mal jjaeng i
騙子！

• 吵架

基礎會話

A 어째서 이런 바보 같은 짓을 하는 거예요?
제정신이에요?

eo jjae seo i reon ba bo ga teun ji seul ha neun geo
ye yo je jeong si ni e yo

你怎麼會做這種傻事？你瘋了嗎？

B 말이 좀 지나치시네요.

ma ri jom ji na chi si ne yo

你的話太過分了。

你可以對朋友或晚輩這樣說

☞ 그런 짓 하지 마.

geu reon jit ha ji ma

別做那種事。

☞ 당신은 너무 이기적이야.

dang si neun neo mu i gi jeo gi ya

你太自私了。

☞ 이런 말도 믿다니 너도 바보구나.

i reon mal tto mit tta ni neo do ba bo gu na

連這種話你也信，你也是笨蛋啊！

☞ 너 죽을래?

neo ju geul lae

你找死啊？

277

就是這一本
超實用韓語生活會話
Korean Conversation! This is the One!

Audio CD
Track 118

☞ 너 죽고 싶은 모양이구나.
neo juk kko si peun mo yang i gu na
看來你想死。

☞ 거짓말하지 마.
geo jin mal ha jji ma
別説謊。

☞ 더 이상 너를 보고 싶지 않아.
deo i sang neo reul ppo go sip jji a na
再也不想看到你。

☞ 내 말 안 들려? 빨리 나가!
nae mal an deul lyeo ppal li na ga
沒聽見我講得嗎？快出去！

朋友或晚輩可以這樣回答

☞ 진짜 너무하다.
jin jja neo mu ha da
你太過分了！

☞ 좀 비켜 줄래?
jom bi kyeo jul lae
可以讓開嗎？

☞ 꺼져 버려!
kkeo jeo beo ryeo
滾開！

☞ 두고 보자.
du go bo ja
走著瞧！

☞ 이건 너무 지나친 거야.
i geon neo mu ji na chin geo ya
這太過分了。

☞ 끼어들지 마.

　　kki eo deul jji ma

　　你別插手。

☞ 당신 마음대로 해!

　　dang sin ma eum dae ro hae

　　隨便你！

☞ 잔소리 그만해.

　　jan so ri geu man hae

　　別在嘮叨了。

☞ 그만해!

　　geu man hae

　　夠了！

☞ 소리 지르지 마.

　　so ri ji reu ji ma

　　別大吼大叫！

☞ 알았어. 내가 졌어.

　　a ra sseo nae ga jeo sseo

　　行了，我輸了。

☞ 네가 한 말 취소해.

　　ne ga han mal chwi so hae

　　取消你講的話。

相　關

⊃ 무슨 일때문에 싸웠어요?

　　mu seun il ttae mu ne ssa wo sseo yo

　　為了什麼事情吵架呢？

就是這一本
超實用韓語生活會話
Korean Conversation! This Is the One!

Audio CD
Track 120

● 搭計程車

基礎會話

A 어디로 가세요?
eo di ro ga se yo
你要去哪裡？

B 가까운 기차역으로 가 주세요.
ga kka un gi cha yeo geu ro ga ju se yo
我要去附近的火車站。

你也可以這麼說

☞ 명동으로 가 주세요.
myeong dong eu ro ga ju se yo
請帶我到明洞。

☞ 남산공원까지 부탁합니다.
nam san gong won kka ji bu ta kam ni da
麻煩載我到南山公園。

☞ 이 주소로 가 주세요.
i ju so ro ga ju se yo.
請到這個地址。

☞ 저 건물 앞에서 세워 주세요.
jeo geon mul a pe seo se wo ju se yo
請在那棟建築物前停車。

☞ 아저씨, 여기서 내려 주세요.
a jeo ssi yeo gi seo nae ryeo ju se yo
大叔，我要在這裡下車。

☞ 이 주소에서 내려주시겠어요?
i ju so e seo nae ryeo ju si ge sseo yo
可以讓我在這個地址下車嗎？

☞ 빠른 길로 부탁합니다.
ppa reun gil lo bu ta kam ni da
請走快一點的道路。

☞ 저 앞에서 잠시만 세워주시겠어요?
jeo a pe seo jam si man se wo ju si ge sseo yo
可以在那前方暫時停車嗎？

☞ 아저씨, 좀 빨리 가주세요.
a jeo ssi jom ppal li ga ju se yo
司機叔叔，請開快一點。

☞ 여기에 세워 주십시오.
yeo gi e se wo ju sip ssi o
請在這裡停車。

☞ 시간이 급합니다. 서둘러주세요.
si ga ni geu pam ni da seo dul leo ju se yo.
我時間很急迫，請開快一點。

☞ 계속 직진해 주세요.
gye sok jik jjin hae ju se yo
請繼續前進。

☞ 삼거리에서 우회전해 주세요.
sam geo ri e seo u hoe jeon hae ju se yo
請在三叉路口右轉。

對方可以這樣說

☞ 어디로 모실까요?
eo di ro mo sil kka yo
你要去哪裡？

就是這一本
超實用韓語生活會話
Korean Conversation! This is this One!

Audio CD
Track 122

☞ 어디서 세워드릴까요?
eo di seo se wo deu ril kka yo
要在哪停車呢？

☞ 손님, 어디까지 가세요?
son nim eo di kka ji ga se yo
先生（小姐）您要去哪裡？

☞ 손님, 다 왔습니다.
son nim da wat sseum ni da
先生（小姐），已經到了。

☞ 어디까지 가십니까?
eo di kka ji ga sim ni kka
您要去哪裡？

☞ 여기서 세워드려도 괜찮아요?
yeo gi seo se wo deu ryeo do gwaen cha na yo
可以在這裡停車嗎？

相 關

➲ 지름길이 있나요?
ji reum gi ri in na yo
有捷徑嗎？

➲ 얼마인가요?
eol ma in ga yo
多少錢？

➲ 거스름돈은 가지세요.
geo seu reum do neun ga ji se yo.
不必找零。

➲ 트렁크를 열어 주세요.
teu reong keu reul yeo reo ju se yo
請打開後車廂。

• 搭火車

基礎會話

A 부산에 가는 표가 아직 있습니까?

bu sa ne ga neun pyo ga a jik it sseum ni kka

還有去釜山的火車票嗎？

B 있습니다. 몇 장을 드릴까요?

it sseum ni da myeot jang eul tteu ril kka yo

有的，您要幾張？

你也可以這麼說

☞ 운행 스케줄을 어디서 볼 수 있어요?

un haeng seu ke ju reul eo di seo bol su i sseo yo

哪裡可以看火車時刻表？

☞ 기차표를 어디서 사야 하나요?

gi cha pyo reul eo di seo sa ya ha na yo

火車票在哪買呢？

☞ 서울역에서 탔어요.

seo ul lyeo ge seo ta sseo yo

我在首爾站搭車的。

☞ 왕복표로 주세요.

wang bok pyo ro ju se yo.

請給我往返票。

☞ 기차역이 어디에 있습니까?

gi cha yeo gi eo di e it sseum ni kka?

火車站在哪裡呢？

☞ 매표소는 어디에 있습니까?
mae pyo so neun eo di e it sseum ni kka
售票口在哪裡？

☞ 왕복은 얼마예요?
wang bo geun eol ma ye yo
往返多少錢呢？

☞ 다음 정거장은 어디입니까?
da eum jeong geo jang eun eo di im ni kka
下一站是哪裡？

☞ 이 열차는 어느 플랫폼에서 개찰합니까?
i yeol cha neun eo neu peul laet po me seo gae chal ham ni kka
這台列車是從哪一月台開出？

☞ 이 기차는 대구행입니까?
i gi cha neun dae gu haeng im ni kka
這台列車是往大邱的嗎？

☞ 마지막 전철은 몇 시입니까?
ma ji mak jeon cheo reun myeot si im ni kka
最後一台電車是幾點？

☞ 더 빠른 열차가 없나요?
deo ppa reun yeol cha ga eom na yo
有更快一點的列車嗎？

☞ 급행 열차인가요?
geu paeng yeol cha in ga yo
是快車嗎？

☞ 직행인가요?
ji kaeng in ga yo
是直達列車嗎？

☞ 다음 열차는 몇 시에 있습니까?

da eum yeol cha neun myeot si e it sseum ni kka

下一台列車是幾點？

☞ 서울행 열차는 몇 번 승강장에서 타나요?

seo ul haeng yeol cha neun myeot beon seung gang jang e seo ta na yo

往首爾的列車要在幾號站台搭車？

對方可以這樣說

☞ 편도십니까?

pyeon do sim ni kka

您要單程票嗎？

☞ 잘못 타셨습니다.

jal mot ta syeot sseum ni da

您搭錯車了。

☞ 그 열차는 예정보다 15분 늦게 출발할 것입니다.

geu yeol cha neun ye jeong bo da si bo bun neut kke chul bal hal kkeo sim ni da

這台列車會比預定的時間晚出發 15 分鐘。

☞ 승차권을 보여 주십시오.

seung cha gwo neul ppo yeo ju sip ssi o

請出示乘車券。

相 關

⊃ 승차해 주셔서 감사합니다.

seung cha hae ju syeo seo gam sa ham ni da

感謝您的搭乘。

就是這一本
超實用韓語生活會話
Korean Conversation! This is the One!

Audio CD
Track **126**

⊃ 곧 서울에 도착합니다.

got seo u re do cha kam ni da

馬上就要抵達首爾。

⊃ 내리실 때는 잊으신 물건이 없도록 주의하시기
바랍니다.

nae ri sil ttae neun i jeu sin mul geo ni eop tto rok ju
ui ha si gi ba ram ni da

下車時，請留意是否有遺忘的物品。

• 搭地鐵

基礎會話

A 어느 역에서 내려야 돼요?

eo neu yeo ge seo nae ryeo ya dwae yo

我該在那一站下車呢？

B 회기역에서 내리세요.

hoe gi yeo ge seo nae ri se yo

請在回基站下車。

你也可以這麼說

☞ 지하철역까지 어떻게 가나요?

ji ha cheo ryeok kka ji eo tteo ke ga na yo

地鐵站要怎麼去？

☞ 여기서 가장 가까운 역에 어떻게 가나요?

yeo gi seo ga jang ga kka un yeo ge eo tteo ke ga na yo

離這裡最近的地鐵站要怎麼去？

☞ 이대역에 가고 싶은데 몇 호선을 타야 되나요?

i dae yeo ge ga go si peun de myeot ho seo neul ta ya doe na yo

請問去梨大站要搭幾號線呢？

☞ 교보문고에 가려면 몇 번 출구예요?

gyo bo mun go e ga ryeo myeon myeot beon chul gu ye yo

去教保文庫要從幾號出口出去呢？

就是這一本
超實用韓語生活會話
Korean Conversation! This is the One!

Audio CD
Track **128**

☞ 제가 어느 역에서 갈아타야 합니까?
je ga eo neu yeo ge seo ga ra ta ya ham ni kka
那我該在那一站轉車呢？

☞ 운동장에 가려면 몇 번 출구로 나가야 하나요?
un dong jang e ga ryeo myeon myeot beon chul gu ro
na ga ya ha na yo
要去運動場的話，要從幾號出口出去？

☞ 몇 호선을 타야 합니까?
myeot ho seo neul ta ya ham ni kka
該搭幾號線呢？

☞ 환승해야 하나요?
hwan seung hae ya ha na yo
要換乘嗎？

☞ 여기 지하철역이 없나요?
yeo gi ji ha cheo ryeo gi eom na yo
這裡有地鐵站嗎？

☞ 지하철 표는 어디서 살 수 있나요?
ji ha cheol pyo neun eo di seo sal ssu in na yo
地鐵票要在哪裡買呢？

☞ 4호선 파란색 라인을 타세요.
sa ho seon pa ran saek ra i neul ta se yo
請搭藍色的四號線。

☞ 다음 역은 무슨 역입니까?
da eum yeo geun mu seun yeo gim ni kka
下一站是什麼站？

👤 **對方可以這樣說**

☞ 여기서 2호선을 타면 됩니다.
yeo gi seo i ho seo neul ta myeon doem ni da.
在這裡搭 2 號線就可以了。

☞ 1번 출구로 나가세요.

il beon chul gu ro na ga se yo

請從 1 號出口出去。

☞ 종로5가역에서 내리세요.

jong no o ga yeo ge seo nae ri se yo

請在鐘路 5 街下車。

☞ 저쪽 자동 판매기에서 살 수 있습니다.

jeo jjok ja dong pan mae gi e seo sal ssu it sseum ni da

可以在那裡的自動販賣機買票。

相 關

➲ 내리실 문은 오른쪽입니다.

nae ri sil mu neun o reun jjo gim ni da

下車的門在右邊。

➲ 열차가 도착하고 있습니다.

yeol cha ga do cha ka go it sseum ni da

列車正要抵達了。

➲ 지하철 노선도를 주십시오.

ji ha cheol no seon do reul jju sip ssi o

請給我地鐵路線圖。

➲ 지하철은 몇 시까지 운행되나요?

ji ha cheo reun myeot si kka ji un haeng doe na yo

地鐵運行到幾點結束?

➲ 내릴 역을 지나쳤습니다.

nae ril yeo geul jji na cheot sseum ni da

我坐過站了。

搭公車

基礎會話

A 고려대에 가는 버스는 여기서 타는가요?

go ryeo dae e ga neun beo seu neun yeo gi seo ta neun ga yo

往高麗大學的公車在這裡搭嗎？

B 아니요, 길 건너편에서 기다리세요.

a ni yo gil geon neo pyeo ne seo gi da ri se yo

不是，請在馬路對面等車。

你也可以這麼說

☞ 버스 정류장이 어디에 있나요?

beo seu jeong nyu jang i eo di e in na yo

公車站在哪裡？

☞ 여기서 충무로까지 가려고 하는데, 몇 번 버스를 타야 합니까?

yeo gi seo chung mu ro kka ji ga ryeo go ha neun de myeot beon beo seu reul ta ya ham ni kka

我想從這裡到忠武路，要搭幾號公車？

☞ 동대문으로 가는 버스가 몇 번입니까?

dong dae mu neu ro ga neun beo seu ga myeot beo nim ni kka?

往東大門的公車是幾號？

☞ 버스는 언제 출발합니까?

beo seu neun eon je chul bal ham ni kka

公車何時出發？

☞ 버스는 몇 시간 간격으로 있나요?
beo seu neun myeot si gan gan gyeo geu ro in na yo
多久時間有一班公車？

☞ 다음 버스는 언제 옵니까?
da eum beo seu neun eon je om ni kka
下一台公車什麼時候來？

☞ 시내까지 얼마입니까?
si nae kka ji eol ma im ni kka
到市區要多少錢？

☞ 종점까지 가는데 시간이 얼마나 걸리나요?
jong jeom kka ji ga neun de si ga ni eol ma na geol li na yo
我要去終點站，要花多久時間？

☞ 버스를 잘못 탄 거 같아요.
beo seu reul jjal mot tan geo ga ta yo
我好像搭錯公車了。

☞ 버스가 밤 몇 시까지 운행됩니까?
beo seu ga bam myeot si kka ji un haeng doem ni kka
公車開到晚上幾點？

☞ 시청으로 가는 버스가 있습니까?
si cheong eu ro ga neun beo seu ga it sseum ni kka
有去市政廳的公車嗎？

☞ 버스터미널은 어디에 있습니까?
beo seu teo mi neo reun eo di e it sseum ni kka
公車站在哪裡？

☞ 내릴 곳을 지나쳤어요.
nae ril go seul jji na cheo sseo yo
我坐過站了。

就是這一本
超實用韓語生活會話
Korean Conversation! This is the One!

對方可以這樣說

☞ 보통 20분에 한대씩 버스가 오거든요.
bo tong i sip ppu ne han dae ssik beo seu ga o geo
deu nyo
通常每 20 分鐘會來一班車。

☞ 직통 버스는 없어요. 갈아타야 됩니다.
jik tong beo seu neun eop sseo yo ga ra ta ya doem
ni da
沒有直達公車，必須要轉車。

☞ 810번 버스를 타면 신촌에 갈 수 있습니다.
pal ppaek ssip ppeon beo seu reul ta myeon sin cho
ne gal ssu it sseum ni da
搭乘 810 公車就可以到達新村。

☞ 두 정거장 더 가야 합니다.
du jeong geo jang deo ga ya ham ni da
還有兩站才會到。

☞ 거슬러 드릴 수 없습니다. 잔돈으로 내세요.
geo seul leo deu ril su eop sseum ni da jan do neu ro
nae se yo
我沒辦法找你錢，請你付零錢。

相關

⊃ 차 안이 너무 춥습니다.
cha a ni neo mu chup sseum ni da
車內太冷了。

⊃ 요금이 얼마인가요?
yo geu mi eol ma in ga yo
車費多少？

ㄱ 차표 한 장은 얼마입니까?

cha pyo han jang eun eol ma im ni kka

車票一張多少錢？

ㄱ 버스로 가는 편이 좋을 텐데요.

beo seu ro ga neun pyeo ni jo eul ten de yo

我覺得搭公車會比較好。

就是這一本
超實用韓語生活會話
Korean Conversation! This is the One!

Audio CD
Track **134**

● 搭飛機

基礎會話

A 한국에 가려고 합니다. 내일 제일 빠른 비
행기는 몇 시에 있습니까?

han gu ge ga ryeo go ham ni da nae il je il ppa reun
bi haeng gi neun myeot si e it sseum ni kka

我要去韓國，請問明天最早的班機是幾點？

B 아침 9시에 있습니다.

a chim a hop ssi e it sseum ni da

早上九點。

你也可以這麼說

☞ 일년기간의 왕복 비행기표는 얼마입니까?

il lyeon gi ga nui wang bok bi haeng gi pyo neun eol
ma im ni kka

一年期的往返機票要多少錢？

☞ 보통 객석표를 주십시오.

bo tong gaek sseok pyo reul jju sip ssi o

我要普通艙的機票。

☞ 이 비행기는 직항입니까?

i bi haeng gi neun ji kang im ni kka

這班飛機是直航班機嗎？

☞ 대한항공사 카운터는 어디입니까?

dae han hang gong sa ka un teo neun eo di im ni kka

請問大韓航空的櫃檯在哪裡？

☞ 지금 탑승수속을 할 수 있습니까?

ji geum tap sseung su so geul hal ssu it sseum ni kka

現在可以辦理登機手續嗎？

☞ 탑승날짜를 바꾸고 싶습니다.

tap sseung nal jja reul ppa kku go sip sseum ni da

我想更改搭乘日期。

☞ 탑승 수속은 언제부터입니까?

tap sseung su so geun eon je bu teo im ni kka

登機手續何時開始？

☞ 탑승 게이트는 15번 게이트입니다.

tap sseung ge i teu neun si bo beon ge i teu im ni da

登機口是 15 號登機口。

☞ 이 짐은 탁송해야 합니다.

i ji meun tak ssong hae ya ham ni da

這件行李需要托運。

☞ 제 좌석까지 안내해주실 수 없습니까?

je jwa seok kka ji an nae hae ju sil su eop sseum ni kka

可以帶我到我的位子上嗎？

☞ 식사는 닭고기와 생선 중 어느 쪽으로 하시겠습니까?

sik ssa neun dal kko gi wa saeng seon jung eo neu jjo geu ro ha si get sseum ni kka

餐點有雞肉和海鮮，您要哪一種？

☞ 뜨거운 커피 한잔 주세요.

tteu geo un keo pi han jan ju se yo

請給我一杯熱咖啡。

☞ 담요 좀 주시겠어요?

dam nyo jom ju si ge sseo yo

可以給我毛毯嗎？

就是這一本
超實用韓語生活會話
Korean Conversation! This is the One!

Audio CD
Track 136

☞ 기내에서 점심이 제공됩니까?
gi nae e seo jeom si mi je gong doem ni kka
飛機上供應午餐嗎？

☞ 신문 좀 갖다 주세요.
sin mun jom gat tta ju se yo
請給我份報紙。

☞ 창가 좌석을 부탁합니다.
chang ga jwa seo geul ppu ta kam ni da
請給我靠窗的位子。

☞ 몇 시간 비행해야 합니까?
myeot si gan bi haeng hae ya ham ni kka
飛機要飛多久的時間？

☞ 입국신고서 한 장 주세요.
ip kkuk ssin go seo han jang ju se yo
請給我一張入國申請書。

☞ 중국어를 아는 스튜어디스가 있습니까?
jung gu geo reul a neun seu tyu eo di seu ga it sseum
ni kka
這裡有會中文的空姐嗎？

 對方可以這樣說

☞ 왕복표는 오십만원입니다.
wang bok pyo neun o sim ma nwo nim ni da
往返票是五十萬韓圓。

☞ 네. 여권하고 티켓 보여 주세요.
ne yeo gwon ha go ti ket bo yeo ju se yo
可以，請出示護照與機票。

☞ 12번 탑승구에 가서 탑승하세요.

si bi beon tap sseung gu e ga seo tap sseung ha se yo

請您到 12 號登機口登機。

☞ 어떤 자리로 드릴까요?

eo tteon ja ri ro deu ril kka yo

您要哪裡的位子？

☞ 맡기실 짐은 몇 개입니까?

mat kki sil ji meun myeot gae im ni kka

您要托運的行李有幾件呢？

☞ 짐 무게가 초과되었습니다.

jim mu ge ga cho gwa doe eot sseum ni da

您的行李超重了。

☞ 마실 것을 뭘로 드릴까요?

ma sil geo seul mwol lo deu ril kka yo

您要喝什麼？

☞ 출입국신고서 필요하세요?

chu rip kkuk ssin go seo pi ryo ha se yo

有需要出入境申請表嗎？

相 關

⊃ 이것은 제 항공권입니다.

i geo seun je hang gong gwo nim ni da

這是我的機票。

⊃ 이것은 제 탑승권입니다.

i geo seun je tap sseung gwo nim ni da

這是我的登機牌。

⊃ 비행기가 연착될 것 같아요.

bi haeng gi ga yeon chak ttoel geot ga ta yo

飛機好像要延誤了。

就是這一本
超實用韓語生活會話
Korean Conversation! This is the One!

Audio CD
Track 138

⊃ 자리를 잘못 앉아서 죄송합니다.

ja ri reul jjal mot an ja seo joe song ham ni da

我坐錯位子了，對不起。

⊃ 여기는 제 자리인 것 같은데요.

yeo gi neun je ja ri in geot ga teun de yo

這裡好像是我的位子。

• 自己開車

基礎會話

A 타세요. 집까지 데려다 줄게요.
ta se yo jip kka ji de ryeo da jul ge yo
上車吧，我送你回家。

B 고마워요.
go ma wo yo
謝謝。

你也可以這麼說

☞ 운전 면허증이 있으세요?
un jeon myeon heo jeung i i sseu se yo
你有駕駛執照嗎？

☞ 운전 좀 대신해 줄래요?
un jeon jom dae sin hae jul lae yo
可以代替我開車嗎？

☞ 운전할 줄 알아요?
un jeon hal jjul a ra yo
你會開車嗎？

☞ 이 근처에 주차장이 있나요?
i geun cheo e ju cha jang i in na yo
這附近有停車場嗎？

☞ 여기에 주차해도 되나요?
yeo gi e ju cha hae do doe na yo
可以在這裡停車嗎？

299

☞ 주차 요금은 시간당 얼마예요?

ju cha yo geu meun si gan dang eol ma ye yo

停車費一小時多少？

☞ 길을 잃은 것 같아요.

gi reul i reun geot ga ta yo

我好像迷路了。

☞ 여기가 어딘지 아세요?

yeo gi ga eo din ji a se yo

你知道這裡是哪裡嗎？

對方可以這樣說

☞ 아니요. 운전할 줄 몰라요.

a ni yo un jeon hal jjul mol la yo

不會，我不會開車。

☞ 과속했어요.

gwa so kae sseo yo

你超速了。

☞ 속도 좀 줄이세요.

sok tto jom ju ri se yo

請減速。

相 關

⊃ 안전벨트 하세요.

an jeon bel teu ha se yo

請繫上安全帶。

⊃ 음주단속 중입니다. 협조 부탁드립니다.

eum ju dan sok jung im ni da hyeop jjo bu tak tteu rim ni da

正在取締酒駕，請你配合。

つ 차가 시동이 안 걸립니다.
cha ga si dong i an geol lim ni da
車子啟動不了。

つ 세차 좀 해 주세요.
se cha jom hae ju se yo
請幫我洗車。

つ 펑크가 났습니다.
peong keu ga nat sseum ni da
輪胎拋錨了。

● 搭船

基礎會話

A 하루에 여객선은 몇 번 다닙니까?

ha ru e yeo gaek sseo neun myeot beon da nim ni kka

一天有幾趟客輪？

B 하루에 3번 있습니다.

ha ru e se beon it sseum ni da

一天三趟。

你也可以這麼說

☞ 여객선은 언제 출발합니까?

yeo gaek sseo neun eon je chul bal ham ni kka

客輪何時出發？

☞ 이 선실은 어떻게 갑니까?

i seon si reun eo tteo ke gam ni kka

這船艙怎麼去？

☞ 배에 수영장이 있어요?

bae e su yeong jang i i sseo yo

船上有游泳池嗎？

☞ 배에는 어떤 선실이 있어요?

bae e neun eo tteon seon si ri i sseo yo

船上有哪些客艙？

☞ 몇 시간 항해하는가요?

myeot si gan hang hae ha neun ga yo

要航行幾個小時？

☞ 배 안에 구명조끼가 있습니까?

bae a ne gu myeong jo kki ga it sseum ni kka

船上有救身衣嗎？

☞ 1등선실 표를 주세요.

il deung seon sil pyo reul jju se yo

請給我一等艙票。

☞ 갑판에 가서 바다를 구경합시다.

gap pa ne ga seo ba da reul kku gyeong hap ssi da

我們去甲板上看海吧。

☞ 제가 토할 것 같습니다. 멀미약이 있나요?

je ga to hal kkeot gat sseum ni da meol mi ya gi in na yo

我快吐了，有暈車藥嗎？

☞ 뱃멀미를 합니다.

baen meol mi reul ham ni da

我暈船了。

對方可以這樣說

☞ 오후 1시에 출발합니다.

o hu han si e chul bal ham ni da

下午一點出發。

☞ 약이 있습니다. 잠시만 기다리세요.

ya gi it sseum ni da jam si man gi da ri se yo

有藥，請稍等。

就是這一本
超實用韓語生活會話
Korean Conversation! This is the One!

Audio CD
Track 144

● 問路

基礎會話

A 실례합니다. 길을 좀 물어 봐도 될까요?
sil lye ham ni da gi reul jjom mu reo bwa do doel kka yo
不好意思，我可以問個路嗎？

B 네, 물어보세요.
ne mu reo bo se yo
可以，請説。

你也可以這麼說

☞ 저, 실례합니다.
jeo sil lye ham ni da
打擾一下。

☞ 말씀 좀 묻겠습니다. 경복궁은 어디에 있어요?
mal sseum jom mut kket sseum ni da gyeong bok kkung eun eo di e i sseo yo
請問一下，景福宮在哪裡？

☞ 실례합니다. 잠깐 여쭙겠습니다.
sil lye ham ni da jam kkan yeo jjup kket sseum ni da
不好意思，請問一下。

☞ 길을 잃었습니다.
gi reul i reot sseum ni da
我迷路了。

☞ 이곳은 어디입니까?
i go seun eo di im ni kka
這裡是哪裡？

☞ 이 거리의 이름을 알려주시겠습니까?

i geo ri ui i reu meul al lyeo ju si get sseum ni kka

可以告訴我這條路的名字嗎？

☞ 지도로 가리켜주실 수 없나요?

ji do ro ga ri kyeo ju sil su eom na yo

可以在地圖上指一下嗎？

☞ 죄송한데요, 길을 가르쳐주실 수 있습니까?

joe song han de yo gi reul kka reu cheo ju sil su it sseum ni kka

不好意思，可以告訴我怎麼走嗎？

☞ 운동장에 가려면 이 길이 맞습니까?

un dong jang e ga ryeo myeon i gi ri mat sseum ni kka

我要去運動場，走這條路沒錯嗎？

☞ 저는 여기가 초행길입니다.

jeo neun yeo gi ga cho haeng gi rim ni da

我第一次走這條路。

☞ 약도를 그려 주시겠어요?

yak tto reul kkeu ryeo ju si ge sseo yo

可以幫我畫略圖嗎？

☞ 이 방향이 맞습니까?

i bang hyang i mat sseum ni kka

是這個方向嗎？

☞ 오른쪽으로 갑니까?

o reun jjo geu ro gam ni kka

往右走嗎？

☞ 거기에 가려면 택시밖에 없어요?

geo gi e ga ryeo myeon taek ssi ba kke eop sseo yo

去那裡只有計程車會到嗎？

☞ 경희대까지 어떻게 가는지 가르쳐 주시겠어요?
gyeong hi dae kka ji eo tteo ke ga neun ji ga reu cheo
ju si ge sseo yo
你可以告訴我去慶熙大學該怎麼走嗎？

☞ 이 주위에 기차역이 있어요?
i ju wi e gi cha yeo gi i sseo yo
這附近有火車站嗎？

☞ 거기까지 시간이 얼마나 걸립니까?
geo gi kka ji si ga ni eol ma na geol lim ni kka
到那裡要花多少時間？

☞ 걸어서 몇 분 걸려요?
geo reo seo myeot bun geol lyeo yo
走路要花幾分鐘？

對方可以這樣說

☞ 길을 알려 드릴게요.
gi reul al lyeo deu ril ge yo
我告訴你怎麼走。

☞ 어디에 가십니까?
eo di e ga sim ni kka
你要去哪裡？

☞ 곧장 가십시오.
got jjang ga sip ssi o
請一直走。

☞ 버스를 타는 게 좋아요.
beo seu reul ta neun ge jo a yo
你最好搭公車。

☞ 찾기가 아주 쉬운데요.
chat kki ga a ju swi un de yo
很好找。

☞ 오른쪽으로 가셔서 오십미터 가량 가면 됩니다.
o reun jjo geu ro ga syeo seo o sim mi teo ga ryang
ga myeon doem ni da
向右轉，再走五十公尺就到了。

☞ 저기 있는 안내 표시를 따라 가세요.
jeo gi in neun an nae pyo si reul tta ra ga se yo
你按照那裡的標示路牌走。

☞ 앞에 있는 신호등을 지나서 있어요.
a pe in neun sin ho deung eul jji na seo i sseo yo
過了前面的紅綠燈就是了。

☞ 이 길을 건너 가세요.
i gi reul kkeon neo ga se yo
請過這條馬路。

☞ 저도 거기 가는 길인데 같이 갑시다.
jeo do geo gi ga neun gi rin de ga chi gap ssi da
我也要去那裡，一起去吧！

☞ 제가 데리고 갈게요.
je ga de ri go gal kke yo
我帶你去。

☞ 대략 30분 정도 걸려요.
dae ryak sam sip ppun jeong do geol lyeo yo
大概要花 30 分鐘。

☞ 이 근처에 있는 것 같은데요.
i geun cheo e in neun geot ga teun de yo
好像在這附近。

☞ 되돌아가야 해요.
doe do ra ga ya hae yo
你得往回走。

☞ 저도 잘 모르겠어요. 다른 사람에게 물어보십시오.
jeo do jal mo reu ge sseo yo da reun sa ra me ge mu reo bo sip ssi o
我也不清楚，你問問其他人吧。

☞ 길을 잘못 드셨어요.
gi reul jjal mot deu syeo sseo yo
你走錯路了。

☞ 이 길을 따라 쭉 가십시오.
i gi reul tta ra jjuk ga sip ssi o
請沿著這條路一直走。

相 關

つ 길을 가르쳐 주셔서 감사합니다.
gi reul kka reu cheo ju syeo seo gam sa ham ni da
謝謝你為我指路。

● 賣場

基礎會話

A 이 가방 예뻐요. 어디서 샀어요?
i ga bang ye ppeo yo eo di seo sa sseo yo
這包包很漂亮耶！在哪裡買的？

B 신세계백화점에서 샀어요.
sin se gye bae kwa jeo me seo sa sseo yo
在新世界百貨公司買的。

你也可以這麼說

☞ 어느 쇼핑몰이 세일하고 있습니까?
eo neu syo ping mo ri se il ha go it sseum ni kka
哪家購物場所在打折？

☞ 어디에서 살 수 있죠?
eo di e seo sal ssu it jjyo
在哪裡可以買的到？

☞ 남성복을 사고 싶은데 어디서 팔아요?
nam seong bo geul ssa go si peun de eo di seo pa ra yo
我想買男性服飾，哪裡有賣呢？

☞ 화장품은 어디에서 파나요?
hwa jang pu meun eo di e seo pa na yo
化妝品在哪裡賣？

☞ 싼 옷은 어디서 살 수 있나요?
ssan o seun eo di seo sal ssu in na yo
便宜的衣服在哪裡買呢？

就是這一本
超實用韓語生活會話
Korean Conversation! This is the One!

Audio CD
Track 150

☞ 이 부근에 슈퍼마켓이 있나요?
i bu geu ne syu peo ma ke si in na yo
這附近有超市嗎？

對方可以這樣說

☞ 어서 오세요.
eo seo o se yo
歡迎光臨。

☞ 어떤 것을 찾으세요?
eo tteon geo seul cha jeu se yo
您在找什麼？

☞ 5층에 있습니다.
o cheung e it sseum ni da
在五樓。

☞ 에스컬레이터를 타고 6층으로 가세요.
e seu keol le i teo reul ta go yuk cheung eu ro ga se yo
請搭手扶梯到六樓。

☞ 마음껏 둘러보세요.
ma eum kkeot dul leo bo se yo
請盡情觀賞。

☞ 천천히 골라 주세요.
cheon cheon hi gol la ju se yo
請慢慢（盡情）挑選。

☞ 천천히 둘러 보세요.
cheon cheon hi dul leo bo se yo
請慢慢觀賞。

☞ 소개해 드릴 필요가 있으세요?
so gae hae deu ril pi ryo ga i sseu se yo
有需要為您做介紹嗎？

☞ 또 오세요.
tto o se yo
再來逛逛喔！

☞ 감사합니다. 또 찾아 주세요.
gam sa ham ni da tto cha ja ju se yo
謝謝，歡迎再次光臨！

你可以對朋友或晚輩這樣說

☞ 그 백화점이 지금 바겐세일 중이야. 같이 쇼핑하러 가자.
geu bae kwa jeo mi ji geum ba gen se il jung i ya ga chi syo ping ha reo ga ja
那間百貨公司現在在打折出清，一起去購物吧。

☞ 어디에서 샀니?
eo di e seo san ni
你在哪裡買的？

相 關

➲ 지금 많은 백화점들이 세일하고 있어요.
ji geum ma neun bae kwa jeom deu ri se il ha go i sseo yo
現在有很多百貨公司在打折。

➲ 괜찮은 쇼핑몰을 소개해 주세요.
gwaen cha neun syo ping mo reul sso gae hae ju se yo
請介紹不錯的購物場所給我。

➲ 그저 구경하고 있는 것뿐입니다.
geu jeo gu gyeong ha go in neun geot ppu nim ni da
我只是看看而已。

● 挑選物品

基礎會話

A 어서 오세요. 무엇을 찾고 계세요?
eo seo o se yo mu eo seul chat kko gye se yo
歡迎光臨，您在找什麼呢？

B 언니에게 줄 선물을 사고 싶은데요.
eon ni e ge jul seon mu reul sa go si peun de yo
我想買送給姊姊的禮物。

你也可以這麼說

☞ 저 모자 좀 보여 주세요.
jeo mo ja jom bo yeo ju se yo
給我看那個帽子。

☞ 손가방을 파나요?
son ga bang eul pa na yo
有賣手提包嗎？

☞ 긴 치마를 찾고 있습니다.
gin chi ma reul chat kko it sseum ni da
我在找長裙。

☞ 저게 좋군요. 보여 주시겠어요?
jeo ge jo ku nyo bo yeo ju si ge sseo yo
那個不錯耶！可以給我看看嗎？

☞ 속옷을 사고 싶어요.
so go seul sa go si peo yo
我想買內衣。

☞ 봄 신상품 좀 보여 주시겠어요?
bom sin sang pum jom bo yeo ju si ge sseo yo
可以給我看春季的新商品嗎？

☞ 옷을 갈아입는 곳은 어디예요?
o seul kka ra im neun go seun eo di ye yo
換衣服的地方在哪裡？

☞ 저한테 어울리는 옷 한 벌 보여 주시겠어요?
jeo han te eo ul li neun ot han beol bo yeo ju si ge
sseo yo
可以拿一件適合我的衣服給我看嗎？

☞ 세일중인 신발들이 어떤 건가요?
se il jung in sin bal tteu ri eo tteon geon ga yo
特價中的鞋子是哪些呢？

☞ 입어봐도 됩니까?
i beo bwa do doem ni kka
可以試穿嗎？

☞ 남성용 향수 파나요?
nam seong yong hyang su pa na yo
有賣男性香水嗎？

☞ 그 귀걸이 좀 보여 주세요.
geu gwi geo ri jom bo yeo ju se yo
請給我看那副耳環。

☞ 저 목도리를 좀 봐도 될까요?
jeo mok tto ri reul jjom bwa do doel kka yo
我可以看看那個圍巾嗎？

☞ 이 선글라스 착용해 봐도 될까요?
i seon geul la seu cha gyong hae bwa do doel kka yo
可以試戴這副太陽眼鏡嗎？

☞ 저기요, 거울이 어디에 있어요?
jeo gi yo geo u ri eo di e i sseo yo
請問鏡子在哪裡？

 對方可以這樣說

☞ 손님, 추천해 드릴까요?
son nim chu cheon hae deu ril kka yo
客人，需要為您做推薦嗎？

☞ 여기 있습니다. 착용해 보세요.
yeo gi it sseum ni da cha gyong hae bo se yo
在這裡，請試戴看看。

☞ 어느 것을 말씀하시는지요?
eo neu geo seul mal sseum ha si neun ji yo
您說得是哪一個？

☞ 입어 보시겠어요?
i beo bo si ge sseo yo
您要試穿嗎？

☞ 어느 것도 손님한테 아주 잘 어울리네요.
eo neu geot tto son nim han te a ju jal eo ul li ne yo
每一樣都很適合您呢！

 你可以對朋友或晚輩這樣說

☞ 나한테 어울리니?
na han te eo ul li ni
適合我嗎？

☞ 이 바지 어때?
i ba ji eo ttae
這件褲子怎麼樣？

相 關

つ 수선되나요?

su seon doe na yo

可以修改嗎？

つ 상품권을 사용할 수 있습니까?

sang pum gwo neul ssa yong hal ssu it sseum ni kka

可以使用商品券嗎？

つ 품질은 어떻습니까?

pum ji reun eo tteo sseum ni kka

品質怎麼樣？

つ 이 상품은 언제까지 세일을 하죠?

i sang pu meun eon je kka ji se i reul ha jyo

這商品打折到什麼時候？

•尺寸

基礎會話

A 사이즈가 어떻게 되시죠?
sa i jeu ga eo tteo ke doe si jyo
您的尺寸是多少？

B 37호로 주세요.
sam sip chil ho ro ju se yo
請給我 37 號。

你也可以這麼說

☞ 이 스타일로 큰 사이즈가 있나요?
i seu ta il lo keun sa i jeu ga in na yo
這樣式有大號的嗎？

☞ 이것보다 더 큰 것은 없습니까?
i geot ppo da deo keun geo seun eop sseum ni kka
沒有比這個還大件的嗎？

☞ 이 바지 작은 사이즈는 없나요?
i ba ji ja geun sa i jeu neun eom na yo
這褲子沒有小號的嗎？

☞ 여기가 좀 꽉 낍니다.
yeo gi ga jom kkwak kkim ni da
這裡很緊。

☞ 이건 좀 작은데요.
i geon jom ja geun de yo
這有點小。

☞ 좀더 작은 사이즈 좀 갖다 주실래요?

jom deo ja geun sa i jeu jom gat tta ju sil lae yo

可以拿小一點的尺寸給我嗎？

對方可以這樣說

☞ 어떤 사이즈를 원하십니까?

eo tteon sa i jeu reul won ha sim ni kka

你尺寸是多少？

☞ 이 신발 잘 맞습니까?

i sin bal jjal mat sseum ni kka

這雙鞋合腳嗎？

☞ 사이즈가 더 큰 걸로 갖다 드릴게요.

sa i jeu ga deo keun geol lo gat tta deu ril ge yo

我拿大雙一點的給您。

☞ 사이즈는 몇으로 드릴까요?

sa i jeu neun myeo cheu ro deu ril kka yo

要幫您拿幾號呢？

☞ 죄송하지만 다 팔렸습니다.

joe song ha ji man da pal lyeot sseum ni da

對不起，都賣完了。

☞ 이 옷은 표준사이즈입니다. 더 큰 치수가 없습니다.

i o seun pyo jun sa i jeu im ni da deo keun chi su ga eop sseum ni da

這件衣服是標準尺寸。沒有再大的尺寸了。

☞ 물론이죠. 사이즈 어떻게 드릴까요?

mul lo ni jyo sa i jeu eo tteo ke deu ril kka yo

當然有，您要尺寸要幾號？

就是這一本
超實用韓語生活會話
Korean Conversation! This is the One!

Audio CD
Track 158

你可以對朋友或晚輩這樣說

☞ 내가 입으면 옷이 너무 커 보이지 않아?
nae ga i beu myeon o si neo mu keo bo i ji ji a na
我穿會不會看起來太大件？

☞ 이 옷은 내가 입기에는 너무 커, 네가 입으면 맞을 것 같아.
i o seun nae ga ip kki e neun neo mu keo ne ga i beu myeon ma jeul kkeot ga ta
這件衣服我穿起來太大件，你穿應該會剛好。

朋友或晚輩可以這樣回答

☞ 좀 그러네요. 다른 옷으로 입어봐.
jom geu reo ne yo. da reun o seu ro i beo bwa
有點耶，你還是穿看看別件好了。

☞ 이 신발이 너한테 정말 잘 어울려.
i sin ba ri neo han te jeong mal jjal eo ul lyeo
這雙鞋真的很適合你耶！

相 關

⊃ 손님, 몇 호를 입으십니까?
son nim myeot ho reul i beu sim ni kka
先生（小姐），您穿幾號？

⊃ 어떤 무늬를 원하십니까?
eo tteon mu ni reul won ha sim ni kka
您要哪種花紋？

⊃ 이건 제가 원하던 것이 아닙니다.
i geon je ga won ha deon geo si a nim ni da
這不是我想要的。

● 顏色

基礎會話

A 어떤 색깔을 좋아하세요?

eo tteon saek kka reul jjo a ha se yo

您喜歡哪種顏色呢？

B 저는 하얀색을 좋아합니다.

jeo neun ha yan sae geul jjo a ham ni da

我喜歡白色。

你也可以這麼說

☞ 이 옷 회색으로 있나요?

i ot hoe sae geu ro in na yo

這件衣服有灰色嗎？

☞ 이 구두 커피색이 없습니까?

i gu du keo pi sae gi eop sseum ni kka

這雙皮鞋沒有咖啡色的嗎？

☞ 이것으로 검은색이 있어요?

i geo seu ro geo meun sae gi i sseo yo

這個有黑色嗎？

☞ 다른 색깔은 없습니까?

da reun saek kka reun eop sseum ni kka

沒有其他顏色嗎？

☞ 이 색상이 저한테 잘 어울려요?

i saek ssang i jeo han te jal eo ul lyeo yo

這個顏色適合我嗎？

☞ 저는 좀 밝은 색을 좋아해요.
jeo neun jom bal geun sae geul jjo a hae yo
我喜歡亮一點的顏色。

☞ 다른 색깔은 없습니까?
da reun saek kka reun eop sseum ni kka
沒有其他顏色嗎？

☞ 이 색깔은 저한테는 잘 어울리지 않는 것 같아요.
i saek kka reun jeo han te neun jal eo ul li ji an neun
geot ga ta yo
這個顏色好像不適合我。

對方可以這樣說

☞ 어떤 색상을 원하십니까?
eo tteon saek ssang eul won ha sim ni kka
您要哪種顏色？

☞ 파랑색와 빨간색밖에 없습니다.
pa rang sae gwa ppal kkan saek ppa kke eop sseum
ni da
只有藍色和紅色。

☞ 무슨 색상으로 드릴까요?
mu seun saek ssang eu ro deu ril kka yo
要拿什麼顏色給您呢？

☞ 지금은 파란색이 유행이에요.
ji geu meun pa ran sae gi yu haeng i e yo
現在很流行藍色。

你可以對朋友或晚輩這樣說

☞ 어떤 색상의 옷을 즐겨 입어?

eo tteon saek ssang ui o seul jjeul kkyeo i beo
你喜歡穿哪種顏色的衣服？

☞ 내가 보기에는 이런 스타일이 너한테 잘 어울려.
nae ga bo gi e neun i reon seu ta i ri neo han te jal eo ul lyeo
以我看來，這種樣式很適合你。

☞ 네가 보기에는 어떤 색상이 좋아?
ne ga bo gi e neun eo tteon saek ssang i jo a
你認為哪個顏色好？

☞ 그래도 검은색이 나한테 더 잘 어울리는 것 같아.
geu rae do geo meun sae gi na han te deo jal eo ul li neun geot ga ta
還是黑色比較適合我的樣子。

相 關

➲ 이것 외에 또 다른 거 있나요?
i geot oe e tto da reun geo in na yo
除了這個以外，還有其他的嗎？

➲ 다른 디자인은 있습니까?
da reun di ja i neun it sseum ni kka
有其他的設計嗎？

➲ 본인이 입으실 겁니까?
bo ni ni i beu sil geom ni kka
是本人要穿的嗎？

➲ 어느 분이 입으실 겁니까?
eo neu bu ni i beu sil geom ni kka
哪一位要穿的？

就是這一本
超實用韓語生活會話
Korean Conversation! This is the One!

Audio CD
Track 162

● 確定購買

基礎會話

A 이것으로 하겠습니다.
i geo seu ro ha get sseum ni da
我要買這個。

B 네, 포장해 드릴까요?
ne po jang hae deu ril kka yo
好的，要替您包裝嗎？

你也可以這麼說

☞ 둘 다 마음에 듭니다.
dul da ma eu me deum ni da
我兩個都喜歡。

☞ 그거 주세요.
geu geo ju se yo
給我那個。

☞ 그걸로 사겠습니다.
geu geol lo sa get sseum ni da
我要買那個。

☞ 같은 걸로 주세요.
ga teun geol lo ju se yo
我也要買一樣的。

☞ 결정했어요. 이것을 주세요.
gyeol jeong hae sseo yo i geo seul jju se yo
我決定了，我要買這個。

☞ 좀 더 구경하겠습니다.
jom deo gu gyeong ha get sseum ni da
我再逛逛。

☞ 한 번 생각해 보고 올게요.
han beon saeng ga kae bo go ol ge yo
我想想再過來。

☞ 아니요. 생각 좀 해 보고 올게요.
a ni yo saeng gak jom hae bo go ol ge yo
不，我考慮一下再過來。

對方可以這樣說

☞ 손님, 어느 걸 좋아하세요?
son nim eo neu geol jo a ha se yo
客人，您喜歡哪一個？

☞ 어떤 것을 사실 건지 생각해 두셨어요?
eo tteon geo seul ssa sil geon ji saeng ga kae du syeo
sseo yo
想好要買哪一個了嗎？

☞ 어떤 것을 사시겠어요?
eo tteon geo seul ssa si ge sseo yo
您要買哪一個？

☞ 손님, 사실 겁니까?
son nim sa sil geom ni kka
先生（小姐），您要買嗎？

☞ 어떤 것을 사실 건지 결정하셨어요?
eo tteon geo seul ssa sil geon ji gyeol jeong ha syeo
sseo yo
決定好要買哪個了嗎？

☞ 고르는 눈이 있으시네요.

go reu neun nu ni i sseu si ne yo

您真有眼光。

相 關

⊃ 포장을 해 줄 수 있어요?

po jang eul hae jul su i sseo yo

可以幫我包裝嗎？

⊃ 선물용이십니까?

seon mu ryong i sim ni kka

您要送人嗎？

● 殺價

基礎會話

A 좀 더 싸게 할 수 없어요?

jom deo ssa ge hal ssu eop sseo yo

不能再便宜一點嗎？

B 죄송합니다. 수입품때문에 조금 비쌉니다.

joe song ham ni da su ip pum ttae mu ne jo geum bi
ssam ni da

對不起，因為是進口貨，所以貴一點。

你也可以這麼說

☞ 그래도 싸게 해 주세요.

geu rae do ssa ge hae ju se yo

還是算便宜一點吧。

☞ 가격이 좀 비싼 것 같아요.

ga gyeo gi jom bi ssan geot ga ta yo

價格好像有點貴。

☞ 깎아 주세요.

kka kka ju se yo

算便宜一點。

☞ 이것보다 더 싼 것은 없어요?

i geot ppo da deo ssan geo seun eop sseo yo

沒有比這個更便宜的嗎？

☞ 5000 원에 저한테 파세요.

o cheo nwo ne jeo han te pa se yo

就 5000 韓元賣給我吧。

就是這一本
超實用韓語生活會話
Korean Conversation! This is the One!

Audio CD
Track **166**

☞ 만원이면 사겠습니다.
ma nwo ni myeon sa get sseum ni da
一萬韓元的話，我就買。

☞ 가격이 비싸네요.
ga gyeo gi bi ssa ne yo
價格有點貴耶！

☞ 예상보다 비싸네요.
ye sang bo da bi ssa ne yo
比預想的還要貴呢！

☞ 조금만 더 싸면 제가 사겠습니다.
jo geum man deo ssa myeon je ga sa get sseum ni da
再便宜一點的話，我就買。

對方可以這樣說

☞ 우리는 더 이상 싸게 할 수 없어요.
u ri neun deo i sang ssa ge hal ssu eop sseo yo
我們沒辦法再便宜給您了。

☞ 지금 사면 30프로 할인됩니다.
ji geum sa myeon sam sip peu ro ha rin doem ni da
現在買的話，打 7 折。

☞ 만오천원에 팝니다.
ma no cheo nwo ne pam ni da
這個賣一萬五韓元。

☞ 죄송합니다. 저희는 정찰제로 판매합니다.
joe song ham ni da jeo hi neun jeong chal jje ro pan
mae ham ni da
對不起，我們不二價。

☞ 이건 이미 할인된 가격입니다.
i geon i mi ha rin doen ga gyeo gim ni da
這已經是打折後的價錢了。

☞ 죄송합니다. 그 정도로 깎아드릴 수 없습니다.
joe song ham ni da geu jeong do ro kka kka deu ril
su eop sseum ni da
對不起，沒辦法便宜這麼多。

☞ 지금 하나 사시면 하나 더 드립니다.
ji geum ha na sa si myeon ha na deo deu rim ni da
現在買一送一。

☞ 가격은 아주 쌉니다.
ga gyeo geun a ju ssam ni da
價格很便宜。

你可以對朋友或晚輩這樣說

☞ 다 샀어?
da sa sseo
東西都買了嗎？

相 關

◑ 이 기회를 놓치면 살 수 없습니다.
i gi hoe reul not chi myeon sal ssu eop sseum ni da
錯果這次機會，就買不到了。

◑ 이것 공짜로 받을 수 있습니까?
i geot gong jja ro ba deul ssu it sseum ni kka
這個可以免費索取嗎？

◑ 세일 기간이 언제까지입니까?
se il gi ga ni eon je kka ji im ni kka
特價期間到什麼時候？

就是這一本
超實用韓語生活會話
Korean Conversation! This is the One!

Audio CD
Track **168**

• 付款

基礎會話

A 모두 얼마예요?

mo du eol ma ye yo

全部多少錢？

B 8만 4천원입니다.

pal man ssa cheo nwo nim ni da

8 萬 4 千韓元。

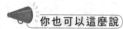

你也可以這麼說

☞ 할부는 가능합니까?

hal ppu neun ga neung ham ni kka

可以分期付款嗎？

☞ 현금인가요, 카드인가요?

hyeon geu min ga yo ka deu in ga yo

您要付現金還是刷卡呢？

☞ 어디에서 계산하나요?

eo di e seo gye san ha na yo

在哪結帳呢？

☞ 모두 얼마를 내야 합니까?

mo du eol ma reul nae ya ham ni kka

全部要多少錢？

☞ 다 합치면 얼마입니까?

da hap chi myeon eol ma im ni kka

全部加起來多少錢？

☞ 신용카드 받나요?
si nyong ka deu ban na yo
可以用信用卡嗎？

☞ 정가는 얼마입니까?
jeong ga neun eol ma im ni kka
定價多少？

☞ 이건 어떻게 팔아요?
i geon eo tteo ke pa ra yo
這個怎麼賣？

☞ 분할납부 방식으로 지불하겠습니다.
bun hal lap ppu bang si geu ro ji bul ha get sseum ni da
我要用分期付款的方式支付。

☞ 현금 일시불로 하겠어요.
hyeon geum il si bul lo ha ge sseo yo
我要用現金一次付清。

☞ 수표로 지불해도 됩니까?
su pyo ro ji bul hae do doem ni kka
可以用支票付款嗎？

☞ 여행자수표도 받습니까?
yeo haeng ja su pyo do bat sseum ni kka
你們收旅行支票嗎？

☞ 3개월 할부로 하겠습니다.
sam gae wol hal ppu ro ha get sseum ni da
我要分三個月支付。

對方可以這樣說

☞ 잔돈이 있습니까?
jan do ni it sseum ni kka
您有零錢嗎？

☞ 선불입니다.
seon bu rim ni da
請先付款。

☞ 우리는 현금만 받습니다.
u ri neun hyeon geum man bat sseum ni da
我們只收現金。

☞ 결제는 카드로 하실 겁니까? 현금으로 하실 겁니까?
gyeol je neun ka deu ro ha sil geom ni kka hyeon geu meu ro ha sil geom ni kka
您要用信用卡付款，還是用現金付款？

☞ 손님, 여기서 사인 부탁드립니다.
son nim yeo gi seo sa in bu tak tteu rim ni da
先生（小姐），請在這裡簽名。

☞ 지불은 같이 하시겠습니까? 아니면 따로따로 하시겠습니까?
ji bu reun ga chi ha si get sseum ni kka a ni myeon tta ro tta ro ha si get sseum ni kka
您要一起付，還是分開付？

☞ 분할 지불은 안 됩니다.
bun hal jji bu reun an doem ni da
不可以分期付款。

☞ 거스름돈과 영수증 받으세요.
geo seu reum don gwa yeong su jeung ba deu se yo
請收下找的零錢和收據。

☞ 여기에 사인해 주시겠어요?
yeo gi e sa in hae ju si ge sseo yo
您可以在這裡簽名嗎？

ㄱ 현금이 부족합니다.

hyeon geu mi bu jo kam ni da

我現金不夠。

• 銀行

基礎會話

A 환전해 주세요.

hwan jeon hae ju se yo

請幫我換錢。

B 얼마를 바꿔 드릴까요?

eol ma reul ppa kkwo deu ril kka yo

您要換多少？

你也可以這麼說

☞ 계좌를 개설하고 싶은데요.

gye jwa reul kkae seol ha go si peun de yo

我想開戶。

☞ 500 달러를 전부 한국돈으로 바꿔 주세요.

o baek ttal leo reul jjeon bu han guk tto neu ro ba kkwo ju se yo

請幫我把五百美金都換成韓幣。

☞ 여기서 달러를 바꿀 수 있습니까?

yeo gi seo dal leo reul ppa kkul su it sseum ni kka

這裡可以兌換美元嗎？

☞ 수수료가 얼마입니까?

su su ryo ga eol ma im ni kka

手續費多少錢？

☞ 카드 분실을 신고하려고 합니다.

ka deu bun si reul ssin go ha ryeo go ham ni da

我要申請信用卡掛失。

☞ 달러로 바꿔 주세요.
dal leo ro ba kkwo ju se yo
請換成美金。

☞ 입금하려고 해요.
ip kkeum ha ryeo go hae yo
我想存錢。

☞ 돈을 좀 찾으려고 합니다.
do neul jjom cha jeu ryeo go ham ni da
我要領錢。

☞ 이 수표를 현금으로 바꿀 수 있을까요?
i su pyo reul hyeon geu meu ro ba kkul su i sseul kka
yo
這張支票可以換成現金嗎？

☞ 대출을 받고 싶습니다.
dae chu reul ppat kko sip sseum ni da
我想貸款。

☞ 송금 수수료는 얼마입니까?
song geum su su ryo neun eol ma im ni kka
匯款手續費是多少錢？

☞ 이 수표를 현금으로 바꿀 수 있을까요?
i su pyo reul hyeon geu meu ro ba kkul su i sseul kka
yo
這張支票可以換成現金嗎？

☞ 이율은 얼마입니까?
i yu reun eol ma im ni kka?
利率是多少？

☞ 모두 5만원짜리로 주세요.
mo du o ma nwon jja ri ro ju se yo
全部給我五萬元的鈔票。

☞ 언제부터 인출이 가능한가요?

eon je bu teo in chu ri ga neung han ga yo

什麼時候可以領錢呢？

☞ 저금하러 왔는데요.

jeo geum ha reo wan neun de yo

我來存錢。

☞ 신용카드를 만드고 싶습니다.

si nyong ka deu reul man deu go sip sseum ni da

我想申請信用卡。

對方可以這樣說

☞ 당좌 계좌입니까, 저축 계좌입니까?

dang jwa gye jwa im ni kka jeo chuk gye jwa im ni kka

您要活期帳戶？還是儲蓄帳戶？

☞ 이 서식을 작성해 주세요.

i seo si geul jjak sseong hae ju se yo

請填寫這份表格。

☞ 인감과 신분증을 가져 오셨습니까?

in gam gwa sin bun jeung eul kka jeo o syeot sseum ni kka

您有帶印章和身分證嗎？

☞ 비밀번호를 여기에 기입해 주십시오.

bi mil beon ho reul yeo gi e gi i pae ju sip ssi o

請在這裡寫上密碼。

☞ 저희 은행 통장을 가져 오셨습니까?

jeo hi eun haeng tong jang eul kka jeo o syeot sseum ni kka

您有帶我們銀行的存款簿嗎？

☞ 얼마나 입금하실 건가요?

eol ma na ip kkeum ha sil geon ga yo

您要存多少錢？

你可以對朋友或晚輩這樣說

☞ 근처에 은행이 있나?

geun cheo e eun haeng i in na?

這附近有銀行嗎？

相 關

⊃ 현금지급기가 어디에 있나요?

hyeon geum ji geup kki ga eo di e in na yo

提款機在哪裡？

⊃ 돈을 어떻게 인출합니까?

do neul eo tteo ke in chul ham ni kka

錢要怎麼領？

就是這一本
超實用韓語生活會話
Korean Conversation! This is the One!

Audio CD
Track **176**

● 美髮院

基礎會話

A 어떤 스타일로 해 드릴까요?
eo tteon seu ta il lo hae deu ril kka yo
您要剪哪種髮型呢？

B 머리 염색을 하고 싶습니다.
meo ri yeom sae geul ha go sip sseum ni da
我想染髮。

你也可以這麼說

☞ 그냥 다듬어 주세요.
geu nyang da deu meo ju se yo
只幫我修剪就好。

☞ 어깨 길이만큼 잘라 주세요.
eo kkae gi ri man keum jal la ju se yo
請幫我剪到肩膀的長度。

☞ 머리를 감아 주세요.
meo ri reul kka ma ju se yo
請幫我洗頭。

☞ 갈색으로 염색해 주세요.
gal ssae geu ro yeom sae kae ju se yo
請幫我染成棕色。

☞ 이 길이로 잘라 주세요.
i gi ri ro jal la ju se yo
請幫我剪到這個長度。

☞ 곱슬곱슬하게 해 주십시오.
gop sseul kkop sseul ha kke hae ju sip ssi o
請幫我弄捲。

☞ 이런 모양으로 깎아 주세요.
i reon mo yang eu ro kka kka ju se yo
請幫我剪成這個樣子。

☞ 너무 짧게 자르지 마세요.
neo mu jjap kke ja reu ji ma se yo
請不要剪得太短。

☞ 머리를 말리면 됩니다.
meo ri reul mal li myeon doem ni da
把頭髮吹乾就可以了。

☞ 파마하고 싶어요.
pa ma ha go si peo yo.
我想燙髮。

對方可以這樣說

☞ 어떤 스타일로 해 드릴까요?
eo tteon seu ta il lo hae deu ril kka yo
您要剪哪種髮型呢？

☞ 머리를 어떻게 깎아 드릴까요?
meo ri reul eo tteo ke kka kka deu ril kka yo
你頭髮要怎麼剪？

☞ 얼마나 짧게 해 드릴까요?
eol ma na jjap kke hae deu ril kka yo
您要剪多短？

☞ 염색하시겠어요?
yeom sae ka si ge sseo yo
您要染髮嗎？

☞ 파마를 하시는게 어떠세요?
pa ma reul ha si neun ge eo tteo se yo
您要不要考慮燙髮？

☞ 파마는 전체적으로 곱슬곱슬하게 해 드릴까요,
아니면 끝 부분만 약간 곱슬하게 해드릴까요?
pa ma neun jeon che jeo geu ro gop sseul kkop sseul
ha kke hae deu ril kka yo a ni myeon kkeut bu bun
man yak kkan gop sseul ha kke hae deu ril kka yo
燙髮要全部燙捲嗎？還是尾部的部分稍微燙捲就好
呢？

☞ 어떤 파마를 원하세요?
eo tteon pa ma reul won ha se yo
您要燙怎樣的髮型？

☞ 어떻게 잘라 드릴까요?
eo tteo ke jal la deu ril kka yo
要怎麼幫你剪？

☞ 가르마는 어느 쪽으로 타 드릴까요?
ga reu ma neun eo neu jjo geu ro ta deu ril kka yo
髮線要幫您分哪一邊？

你可以對朋友或晚輩這樣說

☞ 내 헤어스타일 어때?
nae he eo seu ta il eo ttae
我的髮型怎麼樣？

相 關

⊃ 마음에 드세요?
ma eu me deu se yo
您滿意嗎？

● 餐廳

基礎會話

A 지금 주문하시겠습니까?

ji geum ju mun ha si get sseum ni kka

您現在要點餐嗎？

B 오늘의 특별 요리를 먹겠습니다.

o neu rui teuk ppyeol yo ri reul meok kket sseum ni da

我要吃今天的特別料理。

你也可以這麼說

☞ 스테이크는 반만 익혀주세요.

seu te i keu neun ban man i kyeo ju se yo

牛排要五分熟。

☞ 저기요, 치킨 한 마리 주세요.

jeo gi yo chi kin han ma ri ju se yo

服務員，請給我一隻炸雞。

☞ 스파게티 하나 주세요.

seu pa ge ti ha na ju se yo.

請給我一份義大利麵。

☞ 지금 주문해도 되나요?

ji geum ju mun hae do doe na yo

我們現在可以點菜嗎？

☞ 그럼 딸기 케이크로 주세요.

geu reom ttal kki ke i keu ro ju se yo

那請給我草莓蛋糕。

☞ 디저트는 뭐가 있나요?
di jeo teu neun mwo ga in na yo
有什麼點心?

☞ 좀 있다가 주문하겠습니다.
jom it tta ga ju mun ha get sseum ni da.
我待會在點餐。

☞ 여기서 잘 하는게 뭡니까?
yeo gi seo jal ha neun ge mwom ni kka
這裡最好吃的料理是什麼?

☞ 이 요리는 매운가요?
i yo ri neun mae un ga yo
這道菜會辣嗎?

☞ 오늘의 수프는 뭡니까?
o neu rui su peu neun mwom ni kka
今天的湯是什麼?

☞ 메뉴판 좀 가져다 주세요.
me nyu pan jom ga jeo da ju se yo
請拿菜單給我。

☞ 뭘 먹어야 할지 모르겠어요. 추천해 주세요.
mwol meo geo ya hal jji mo reu ge sseo yo chu che-
on hae ju se yo
我不知道要吃什麼,請推薦一下。

☞ 완전히 익혀주세요.
wan jeon hi i kyeo ju se yo
我要全熟。

☞ 삼계탕 주세요.
sam gye tang ju se yo
我要蔘雞湯。

對方可以這樣說

☞ 뭘 드릴까요?

mwol deu ril kka yo

為您送上什麼餐點呢？

☞ 뭘 드시겠습니까?

mwol deu si get sseum ni kka

您要吃什麼？

☞ 추천해 드릴까요?

chu cheon hae deu ril kka yo

要幫您介紹嗎？

☞ 손님, 스테이크를 어떻게 익혀 드릴까요?

son nim seu te i keu reul eo tteo ke i kyeo deu ril kka yo

先生（小姐），您牛排要幾分熟？

☞ 밥을 드시겠어요, 아니면 국수를 드시겠어요?

ba beul tteu si ge sseo yo a ni myeon guk ssu reul tteu si ge sseo yo

您要吃飯，還是要吃麵？

☞ 여기서 드실 겁니까, 가지고 가실 겁니까?

yeo gi seo deu sil geom ni kka ga ji go ga sil geom ni kka

您要內用還是外帶？

 你可以對朋友或晚輩這樣說

☞ 맛있다.

ma sit tta

好吃！

2
實用會話篇

☞ 맛없어.
ma deop sseo
難吃。

☞ 뭘 먹을래?
mwol meo geul lae
你要吃什麼？

☞ 나 너무 많이 먹었어.
na neo mu ma ni meo geo sseo
我吃太多了。

☞ 배불러.
bae bul leo
吃飽了。

☞ 좀 맵지만 맛있네.
jom maep jji man ma sin ne
雖然有點辣，但很好吃呢！

☞ 배고파.
bae go pa
我肚子餓了。

☞ 와, 좋은 냄새네.
wa jo eun naem sae ne
哇！味道真棒！

相關

○ 너무 짜지 않게 해 주세요.
neo mu jja ji an ke hae ju se yo
請不要太鹹。

○ 이 요리에는 파를 넣지 마세요.
i yo ri e neun pa reul neo chi ma se yo
這道菜請不要放蔥。

つ 고추를 너무 많이 넣지 마세요.
go chu reul neo mu ma ni neo chi ma se yo
請不要放太多辣椒。

つ 맵게 해 주세요.
maep kke hae ju se yo
請幫我弄辣一點。

就是這一本
超實用韓語生活會話
Korean Conversation! This is the One!

Audio CD
Track **184**

● 醫院

基礎會話

A 어떻게 오셨나요?

eo tteo ke o syeon na yo

您哪裡不舒服?

B 열이 있습니다. 그리고 머리가 어지러워요.

yeo ri it sseum ni da geu ri go meo ri ga eo ji reo wo yo

發燒,又頭暈。

你也可以這麼說

☞ 유행성 감기에 걸렸어요.

yu haeng seong gam gi e geol lyeo sseo yo

我得到了流行性感冒。

☞ 계속 기침이 나요. 그리고 목이 아파요.

gye sok gi chi mi na yo geu ri go mo gi a pa yo

一直咳嗽,還會喉嚨痛。

☞ 약 하루에 몇 번 먹습니까?

yak ha ru e myeot beon meok sseum ni kka

藥一天要吃幾次?

☞ 몸이 아픕니다.

mo mi a peum ni da

我身體不舒服。

☞ 다리를 다쳤어요.

da ri reul tta cheo sseo yo

腿受傷了。

☞ 이빨이 아파요.
i ppa ri a pa yo
牙痛。

☞ 코가 막힙니다.
ko ga ma kim ni da
鼻塞了。

☞ 계속 열이 나요.
gye sok yeo ri na yo
一直發燒。

☞ 저는 알레르기 체질입니다.
jeo neun al le reu gi che ji rim ni da
我是過敏體質。

☞ 상태가 상당히 심각합니까?
sang tae ga sang dang hi sim ga kam ni kka
狀況很嚴重嗎?

對方可以這樣說

☞ 증상이 어떻게 되시죠?
jeung sang i eo tteo ke doe si jyo
您有什麼症狀?

☞ 어디가 아프세요?
eo di ga a peu se yo
哪裡不舒服嗎?

☞ 열은 있습니까?
yeo reun it sseum ni kka
有發燒嗎?

☞ 언제부터 아프기 시작하셨습니까?
eon je bu teo a peu gi si ja ka syeot sseum ni kka
從什麼時候開始不舒服呢?

☞ 당신은 수술을 받으셔야 합니다.
dang si neun su su reul ppa deu syeo ya ham ni da
你必須要動手術。

☞ 물을 많이 마시도록 하세요.
mu reul ma ni ma si do rok ha se yo
盡量多喝水。

☞ 약 먹으면 졸릴까요?
yak meo geu myeon jol lil kka yo
吃藥會想睡覺嗎？

☞ 충분한 휴식을 취하십시오.
chung bun han hyu si geul chwi ha sip ssi o
請務必好好休息。

☞ 곧 나아질 겁니다.
got na a jil geom ni da
馬上就會好的。

☞ 그 밖에 다른 증세는 없나요?
geu ba kke da reun jeung se neun eom na yo
除此之外，還有其他症狀嗎？

☞ 현재 복용하고 있는 약은 있습니까?
hyeon jae bo gyong ha go in neun ya geun it sseum
ni kka
目前有在服用藥物嗎？

☞ 식욕은 어떠세요?
si gyo geun eo tteo se yo
食慾如何？

☞ 숨을 들이쉬세요.
su meul tteu ri swi se yo
吸氣。

☞ 숨을 내쉬세요.
su meul nae swi se yo
吐氣。

☞ 체온을 재 봅시다.
che o neul jjae bop ssi da
來量體溫。

☞ 혈압을 재겠습니다.
hyeo ra beul jjae get sseum ni da
來量血壓。

☞ 푹 쉬면 나을 겁니다.
puk swi myeon na eul kkeom ni da
好好休息就會好轉的。

你可以對朋友或晚輩這樣說

☞ 감기에 걸렸어.
gam gi e gal lyeo sseo
我感冒了。

☞ 가려워!
ga ryeo wo
好癢喔!

相 關

⊃ 병원에 가서 검사해 봤어요?
byeong wo ne ga seo geom sa hae bwa sseo yo
你去醫院檢查過了嗎?

⊃ 하루 빨리 건강을 회복하시기를 바랍니다.
ha ru ppal li geon gang eul hoe bo ka si gi reul ppa
ram ni da
祝你早日康復。

韓語館系列 02

就是這一本, 超實用韓語生活會話

編　　　著 -- 金妍熙

執 行 編 輯 -- 呂欣穎

美 術 編 輯 -- 翁敏貴

編 輯 部 -- 22103　新北市汐止區大同路三段188號9樓之1

　　　　　　TEL／(02) 8647-3663

　　　　　　FAX／(02) 8647-3660

法 律 顧 問 -- 中天國際法律事務所　涂成樞律師、周金成律師

總 經 銷 -- 永續圖書有限公司

　　　　　　22103　新北市汐止區大同路三段194號9樓之1

　　　　　　E-mail: yungjiuh@ms45.hinet.net

　　　　　　網站: www.foreverbooks.com.tw

　　　　　　郵撥: 18669219

　　　　　　TEL／(02) 8647-3663

　　　　　　FAX／(02) 8647-3660

C V S 代 理 -- 美璟文化有限公司

　　　　　　TEL／(02) 2723-9968

　　　　　　FAX／(02) 2723-9668

出 版 日 -- 2012 年 04月

Parrot 語言鳥　　語言鳥文化事業有限公司

國家圖書館出版品預行編目資料

就是這一本,超實用韓語生活會話 / 金妍熙編著.
-- 初版.-- 新北市：語言鳥文化,民101.04
面 ; 公分. -- (韓語館 ; 2)
ISBN 978-986-87974-1-3(平裝附光碟片)
1.韓語 2.會話
803.288　　　　　　　　　　　　101001717

語言鳥 Parrot 讀者回函卡

★ 親愛的顧客您好，感謝您購買＿＿＿＿＿＿＿＿＿＿＿＿＿＿

為了提供您更好的服務品質，煩請填寫下列回函資料，您的意見與建議是我們不斷進步的目標，也是我們的動力與鼓勵，語言鳥文化感謝您的支持！我們不定期會將優惠活動的訊息通知您。謝謝！

姓名：　　　　　　○先生　　電話：
　　　　　　　　　○小姐

地址：○○○－○○　　　　縣市　　　　鄉鎮　　　　路街
　　　　　　段　　　巷　　　弄　　　號　　　樓

E-mail：

年　　齡：○20歲以下　○21歲～30歲　○31歲～40歲
　　　　　○41歲～50歲　○51歲以上

性　　別：○男　○女　　　婚姻：○單身　○已婚

職　　業：○學生　　○自由業　○資訊業　○大眾傳播
　　　　　○金融業　○銷售業　○服務業　○教職
　　　　　○軍警　　○製造業　○公職　　○其他

教育程度：○高中以下(含高中)　○大專　　○研究所以上

職 位 別：○負責人　　○高階主管　○中級主管
　　　　　○一般職員　○專業人員

職 務 別：○管理　○行銷　○創意　○人事、行政
　　　　　○財務　○法務　○生產　○工程　　○其他

您從何得知本書消息？
　　　　　○逛書店　　○報紙廣告　○親友介紹
　　　　　○出版書訊　○廣告信函　○廣播節目
　　　　　○電視節目　○銷售人員推薦
　　　　　○其他

您通常以何種方式購書？
　　　　　○逛書店　○劃撥郵購　○電話訂購　○傳真
　　　　　○信用卡　○團體訂購　○網路書店　○其他

看完本書後，您喜歡本書的理由？
　　　　　○內容符合期待　○文筆流暢　　○具實用性
　　　　　○插圖生動　　　○內容充實　　○版面字體安排適當
　　　　　○其他

看完本書後，您不喜歡本書的理由？
　　　　　○內容不符合期待　○文筆欠佳　○內容平平
　　　　　○版面、圖片、字體不適合閱讀　○觀念保守
　　　　　○其他

您的建議：＿＿＿＿＿＿＿＿＿＿＿＿＿＿＿＿＿＿＿＿＿＿
　　　　　＿＿＿＿＿＿＿＿＿＿＿＿＿＿＿＿＿＿＿＿＿＿

剪下後請寄回「22103新北市汐止區大同路3段188號9樓之1 語言鳥文化收」

| 廣 告 回 信 |
| 基隆郵局登記證 |
| 基隆廣字第000153號 |

22103

新北市汐止區大同路三段188號9樓之1

語言鳥文化事業有限公司
編輯部　收

請沿此虛線對折免貼郵票，以膠帶黏貼後寄回，謝謝！

語言鳥 **P**arrot
語言是通往世界的橋梁

語言是通往世界的橋梁